매일,
마다가스카르

매일, 마다가스카르

초 판 1쇄 2023년 10월 13일

지은이 안용선
펴낸이 류종렬

펴낸곳 미다스북스
본부장 임종익
편집장 이다경
책임진행 김가영, 신은서, 박유진, 윤가희, 윤서영, 이예나

등록 2001년 3월 21일 제2001-000040호
주소 서울시 마포구 양화로 133 서교타워 711호
전화 02) 322-7802~3
팩스 02) 6007-1845
블로그 http://blog.naver.com/midasbooks
전자주소 midasbooks@hanmail.net
페이스북 https://www.facebook.com/midasbooks425
인스타그램 https://www.instagram/midasbooks

© 안용선, 미다스북스 2023, *Printed in Korea*.

ISBN 979-11-6910-346-6 03810

값 23,000원

미다스북스는 다음세대에게 필요한 지혜와 교양을 생각합니다.

매일,
마다가스카르

아프리카의 가장 큰 섬나라, 찬란했던 5개월의 여정

안용선 지음

미다스북스

마다가스카르로 떠나며

언젠가는 전공을 살려 사람을 살리는 일, 나의 손길이 필요한 일을 하며 의료봉사를 떠나고 싶던 간호학과 학생, 그 꿈을 이루기 위한 첫걸음을 시작하다! 휴학 후 5개월 동안 아프리카의 마다가스카르에서 거주하며 그들의 문화, 생활을 직접 느꼈던 시간들과 팀으로서 24시간 동고동락하며 진행한 교육, 시설 보수, 간호학·의학 도서관 설립 프로젝트의 발자취를 따라 가보자. 간호학과 학생이었기에 참여할 수 있었던 오지 이동진료는 한국에서 국내 교육을 받을 때부터 가슴이 두근두근했었다. 이 가슴 떨리는 경험을 읽고 누군가는 함께 두근거리길 바란다.

마다가스카르에 펭귄은 없다.

'마다가스카르' 하면 애니메이션이 가장 먼저 떠올랐다. 발랄하고 깜찍한 펭귄이 살 것만 같은 나라 혹은 책 『어린 왕자』를 떠올리며 바오밥 나무가 있는 나라라고만 생각했다. 마다가스카르에 펭귄은 없다. 바오밥 나무를 보기 위해서는 수도를 기준으로 새벽에 버스를 타고 출발해서 이틀을 달려야 겨우 도착하는 곳에 있다. 우리는 마다가스카르를 알지만 모른다. 아프리카의 가장 큰 섬나라이자 세계에서 4번째로 큰 섬나라인 마다가스카르. 그곳에서 5개월 동안 고군분투하며 설레는 마음에 벅차오르고 힘들어서 벅찼던 순간들을 글로써 담아보았다. 당시에는 흙길을 다니고, 얼굴에 때를 묻히고 다니느라 빛나는지 몰랐었는데, 한국에 와서 돌아보니 마다가스카르에서의 시간들은 찬란하게 빛나고 있었다.

이 책을 통해 내가 알고 있는 마다가스카르, 우리가 알고 있는 마다가스카르, 그리고 진짜 마다가스카르가 잘 어울릴 수 있으면 좋겠다. 누군가에게는 마다가스카르가 영화이고, 누군가에게는 현실일 것이다. 이 책을 통해 마다가스카르가 가슴이라는 도서관 속의 여러 번 다시 꺼내고 싶은 책으로 남길 바란다.

제1장

마다가스카르로
향하는
첫 발자국 :

준비
단계

내가 아니면
안 되는 곳으로
가자

간호학과에 진학 후 전공과목을 배우고 교수님들의 일화를 들으며 단순히 간호 실무를 하는 간호사가 아닌 정말 사람을 살리는 의료진으로서 뜨거운 마음으로 간호를 제공하고 싶다는 꿈을 갖게 되었다. '국경없는의사회'의 취업 관련 설명회를 들으러 갔을 때, 실제로 구호 활동을 하신 의사 선생님께서 하신 말씀이 기억에 남는다. '그들은, 내가 아니면 안 됩니다. 내가 하지 않았을 때 다른 사람이 해주는 것이 아니고, 내가 아니면 안 돼요.'라는 말을 들었을 때, 머리가 '띵' 했다. 물론 한국에서도 도움이 필요한 곳이 있겠지만, 손길이 부족해서 내가 아니면 안 되는 곳에 가보고 싶었다. 내 손길이 꼭 필요해서 없으면 안 되는 곳으로 가서 내가 배운 지식과 간호를 바탕으로 사람을 살리는 일을 하고 싶다고 생각했다. 졸업한 이후에, 간호사가 된 이후에 가면 된다고 생각했었다. 그러나 아직 너무 오랜 시간이 남았기에, 지금 경험하고 싶었기에 3학년 2학기를 마치고 휴학을 하였다. 부족하지만 열심히 배운 지식들과 나름 성실하게 수행한 실습 경험을 품고 더 넓은 세상을 보기 위해 떠났다.

나는 삶에 있어서 경험하는 것이 매우 중요하다고 생각한다. 아르바이트와 대외활동을 하며 많은 사람들을 만나고 그들의 이야기를 듣는 것을 좋아한다. 특히 대외활동의 경우 대학생에게는 더 많은 기회와 혜택이 주어졌다. 아직 경험이 부족한 나로서는 작은 경험조차 크게 다가왔기에 무엇이든지 보고 듣고 경험해보고 졸업하고 싶었다. 이러한 이유로 탄자니아 2주 단기봉사를 거쳐 마다가스카르로 5개월의 여정을, 멀지만 꼭 이루고 싶은 내 꿈의 첫 발걸음을 떼었다.

앞으로 봉사단원으로서 활동하게 될
모든 시간과 공간에서 착용하게 될 명찰

3주간의
국내교육

간절한 마음과 이뤄보지 못한 꿈에 대한 열정으로 한국대
학사회봉사협의회 KUCSS 중기봉사단의 마다가스카르 팀
합격을 이뤄냈다. 1지망이었던 마다가스카르였기에 합격의
소식이 더욱 행복하고 설레었다. 설레는 마음을 가진 채 3주
간의 합숙교육이 시작되었다. 모든 첫 만남에 있어서 매우
어색해하고 낯을 가리는 편이었기에 막상 팀원들을 만나니
부푼 마음보다는 걱정이 나를 덮쳤다. 모두 서로 처음 보는
사이였는데 나를 빼고 다들 이미 친해진 것 같은 느낌이 들
어, 파견되기 전에 친해질 수 있을까 걱정이 자꾸 스멀스멀

올라왔다.

언제나 그렇듯이 쓸데없는 걱정이었다. 같은 마음으로 혹은 같은 마음이 아닐지라도 모두 자발적으로 휴학까지 해서 머나먼 길에 오른다는 공통점은 우리를 아주 가깝게 만들어 주었다. 마다가스카르에 대해 배우며 주민 10,000명당 의사 1명이라는 통계치는 나를 더 공부하게 만들었다. 오지 이동 진료에 갈 수 있다는 말을 들었을 때는 벌써 꿈을 이룬 것 같아 주변 사람들에게 자랑을 하고 싶었다.

사실 3주라는 기간 내내, 한 건물 안에서만 생활하며 통제 받는 환경이라는 조건은 그 당시에는 답답함에 몸서리쳤던 것 같지만 벌써 기억이 미화되었나 보다. 수도 두 팀, 지방 한 팀으로 총 세 팀이 각자 팀명을 정했다. 우리 팀의 팀명은 '매일마다'였다. 마다가스카르로 파견될 예정인 3개의 팀은 때로는 독자적으로 때로는 의지하며 3주간의 교육을 무사히 마쳤다. 마지막 날, 5개월 뒤 나에게 보내는 편지를 쓰며 함께 눈물을 글썽였던 순간들이 크게 남은 것을 보면 답답하면서도 행복했던 것이 분명하다.

제2장

반짝거리는 눈물,
무겁게 떨어지는
눈물 :

아프리카의
섬나라에 도착하다

2019년
한국의 공기는
안녕

드디어 마다가스카르로 향하는 비행기를 탔다. 출발하기 전에는 짐을 싸고 무게를 재며 한식 즉석식품을 넣었다가 빼는 것을 반복했기에 약간의 스트레스를 받았었다. 차라리 도착한 상태였으면 했다. 공항에서 내 몸으로부터 짐이 떠나간 상태이기를 바랐다. 그러나 정신을 차려보니 시간은 흘러, 언제 그랬냐는 듯이 벌써 비행기 안이었다.

공항에 도착하기 전 엄마는 전주의 공항버스 터미널까지 데려다주셨다. 집에서도 포옹하고 전주의 공항버스 타는 곳에서도 포옹하였는데도, 집에서 나올 때부터 눈가가 촉촉했던 엄마는 결국 버스에 탄 내 모습을 보고 눈물을 닦으셨다. 딸내미가 대학 입학하면서부터 자꾸 해외로 나가고 싶어 하는데 하필 또 아프리카, 마다가스카르로 간다는 말에 속상하였으면서도 말로는 응원하던 엄마가 결국 눈물을 보이셨다. 언제나 나의 길을 응원해주고 나의 결정에 허락 여부가 아닌 지지를 보내었지만 마음으로는 걱정이 이만저만이 아니었을 테다. 이전에 혼자 유럽 배낭여행을 갔을 때도, 탄자니아로 2주 봉사활동을 갔을 때도 나는 애써 무시해오고 엄마는 애써 숨겨왔던 것들인데 이번에는 야속하게도 너무나 잘 보였다. 엄마의 손가락 하트와 반짝거리는 눈물이, 엄마의 마음보다 내가 더 중요해서 나만 생각한 나 자신을 적나라하게 보여주었다.

진짜 가는구나. 이미 공항이었다. 팀원들과 짐을 나누고 23kg이 넘지 않기 위해 저울에 올려놓고 내려놓고를 반복했다. 설레서, 혹은 몇 번 와보지 못해서 익숙해지지 않는 출국 게이트를 통과하고 비행기에 탔다. 이제 거의 하루가 걸리는 여정이 시작된 것이다. 에티오피아를 경유해서 마다가스카르까지 가기 전 마지막 숨을 들이쉬자.

2019년 한국의 공기야, 안녕!

인천 공항에서 내가 탈 비행기를 가리키며
앞으로의 여정에 기대감이 가득 찬 모습

나의
첫
외국인 등록증

비행기에서 내려 구름다리 없이 바로 비행기 자체 계단으로 내려왔다. 마치 전세기를 타고 온 대통령이 된 것 같은 기분이었다. 공항 입구까지 걸어가며 바라본 마다가스카르의 하늘은 파랗고, 맑고 마냥 예뻤다. 떨리는 마음으로 비자 발급을 하고 PL(Project Leader)님을 봤을 때는 정말 반가웠다. 현지 적응 기간인 첫 2주 동안은 모든 팀이 함께 같은 숙소에서 보내며 말 그대로 적응하는 기간을 가진다. 방이 배정된 후 방 밖으로 보이는 마다가스카르의 구름은 정말 가까워서 있는 힘껏 뛰면 손으로 움켜쥘 수 있을 것만 같았다. 낮에는 마다가스카르에 대한 교육과 현지어 교육을 받았고, 저녁이 되면 한방에 모두 모여서 서로의 이야기를 하느라 정신이 없었다. 이미 한국에서의 교육기간 동안 서로를 많이 알게 되었다고 생각했는데 밤마다 이야기를 할 때, 새로운 이야기들에 목소리가 커져만 갔다.

어딜 가나 '매일마다' 팀의 노란색 단체 티를 입을 때면 넷이서 사진을 찍기 바빴던 우리는 동사무소에서도 한 컷 남겼다. 누가, 언제 마다가스카르의 동사무소에서 외국인 등록증을 받아보겠는가! 나의 증명사진이 붙은 읽을 수 없는 글자가 적힌 종이 한 장일 뿐인데 대단한 일을 한 것마냥 신나고 뿌듯했다. 새로운 일을 경험하는 것은 언제나 설레는 일이다. 여기에 다른 사람들은 쉽게 접하지 못한다는 특징이 붙으면 그 설렘은 뿌듯함을 타고 날아오른다. 날아오르면 뭐 어때. 이 글을 쓰는 지금의 나도 그때의 내가 부러운걸!

마다가스카르 안타나나리보 공항에서
우리 팀의 팀장인 예송이와 함께

동사무소 앞에서
'매일마다' 팀원들과

물갈이,
호되게 치른
신고식

　이전까지 혼자 배낭을 메고 한 달 동안 유럽과 모로코를
여행했을 때도, 탄자니아에 가서 2주 동안 봉사활동을 할 때
도 물갈이라는 것을 모르고 살았었다. 나는 물갈이가 없는
사람인 줄 알았다. 그 생각은 나의 착각임을 증명하듯 마다
가스카르에서 물갈이를 제대로 했다.

　친구들이 하나 둘 아프기 시작하더니, 나도 똑같은 증상
을 겪게 되었다. 현지어 수업 시간에 한 명씩 번갈아가며 계
속 화장실을 갔다. 처음에 친구들이 자꾸 화장실로 뛰쳐나갈

때, '저렇게 못 참을 정도인가?' 싶었다. 그런데 나 역시 똑같이 수업 시간에 뛰쳐나가는 학생 중 한 명이 되어 있었다. 화장실에 가면 생전 처음 겪는 느낌을 겪을 수 있었다. 똥구멍에서 똥이 아닌 물이 나올 수 있다는 것을 알게 되었다. 묽은 똥이 아닌, 진정 물이 나온다는 것에 충격을 받았다. 그래서 '물갈이'라고 하나 보다. 물갈이는 여기서 멈추지 않았다. 똥구멍에서 물을 쏟아내던 친구들은 하나 둘, 열이 나기 시작했고, 나도 결국 열이 나고야 말았다. 새벽 5시경, 온몸에 열이 오르고 근육통이 심해서 저절로 눈이 떠졌다. 타이레놀을 주워 먹고 다시 자려고 하는데도 몸이 떨리고 저려서 잠을 잘 수 없었다. 체온이 38.6도까지 올랐다. 친구들의 걱정 어린 마음과 PL님의 아껴왔던 한국의 인스턴트 미역국 덕분에 정신을 차렸다. 고맙고, 감동이면서도 미안했다. 아프면 민폐라는 것을 실감하며 물갈이가 왜 물갈이인지 실감했다. 먹은 것이 모두 물로 나오기 때문이었고 다시는 겪고 싶지 않았다. 타지에서 아프면 서럽다는 말을 실감하며 아프지 않을 것을 다짐한 날이다.

무거운 발걸음으로
돌아온
첫 만남

중기 봉사단으로 파견된 다른 국가들과는 달리 마다가스카르의 수도 팀은 활동지가 많았다. 우리 팀은 대학교, 초등학교, 유치원 세 기관에서 활동하였고 아프리카 미래재단, 밀알복지재단과 협력 활동도 하였다. 현지 적응 기간 동안 앞으로 활동하게 될 꿈의 유치원을 방문했을 때, 설레는 마음과 기쁜 마음을 안고 갔었다. 그렇기에 다시 숙소로 돌아올 때도 기쁜 마음일 줄 알았다. 나는 진심을 다하는 나름의 무거운 마음으로 방문하였으나 나의 무거웠던 마음은 상대적으로 가벼운 마음이었음을 깨달았다.

꿈의 유치원에 다니는 아동들의 부모님들은 대부분 그 주변의 채석장에서 일을 하신다고 한다. 언덕이 많은 마다가스카르에서 유독 높은 언덕에 있던 꿈의 유치원이다. 올라가는 길에 채석장이 있는데 창밖으로 채석장을 보았을 때는 무엇인지 가늠이 되지 않았다. 창문을 내리고 차에서 내린 순간 태어나 처음 보는 광경과 소리에 눈에 본 것이 뇌에 닿기도 전에 눈물이 고였다. 멀리서 보았을 때는 엄청나게 큰 돌산, 그저 자연이었다. 그런데 내려서 보니 사람들이 돌을 직접 쇠로 내려쳐가며 수작업으로 캐고 있었다. 다른 행성에 온 것 같았다. 아니, 지구다. 내가 살고 있는, 초등학교 때 지구촌이라고 배웠던 지구의 어느 국가에서 현실을 살고 있는 나와 같은 사람들이었다. 영상과 사진으로 보는 것보다 현실은 더 강하게 다가왔다. 다짜고짜 눈물이 난 것은 이들에게 도움이 되지 못했다는 미안한 마음이 아닌 이들을 보고 놀란 내 마음에서 오는, 무지에서 발생한 죄책감이었다. 마음이 무거워졌다. 이들의 세상이 뒤집힐 만한 경제적 지원은 해주지 못하겠지만 그저 먼 나라에서 온 봉사자가 아닌 함께 살아가며 일상에 녹아들어 행복하게 해주고 싶었다. 아이들에게 교육을 잘해야겠다는 책임감뿐만 아니라 아이들에게 어린 시절의 행복한 추억을 만들어주고 싶다는 다짐을 하게 되었다. 도착한 꿈의 유치원에서 아이들과 인사하고 선생님들께 교육 프로그램에 대해 소개하고 질문하며 첫 만남을 마무리했다. 눈이 부시게 예쁜 아이들을 보며 떠날 때 눈물이 날 것을 알았지만 최선을 다해 사랑하고 안아줘야겠다고 다짐한 날이었다.

차에서 내려서 본
채석장의 모습

제3장

꿈의
유치원 :

떠날 때
눈물이 날 것을
알면서도

첫
· 만남

　아이들과의 첫 만남은 낮잠 시간이었다. 아이들은 잠잘 때
가 제일 예쁘다고 하던데, 첫 만남을 준비했던 아이들은 가
장 잔잔하게 예쁜 모습을 보여주었다. 한국의 아이들과 비교
했을 때, 나이에 비해 아이들은 키도, 몸무게도, 체격도 훨씬
작았다. 처음에는 치아가 다 나고, 말도 잘하는 아이들이 체
구가 너무 작아 의문이 들었고 나이보다 어리게 봤다. 어
린 것이 아니라 제대로 먹지 못해서 작은 것이라는 말을 듣
고 마음이 아렸다. 간식 시간이 되면 물 섞인 우유와 각자 가
져온 과자를 먹으며 최선을 다해 성장하는 아이들이었다. 떠

날 때 눈물이 날 것을 알았지만 아낌없이 사랑을 줘야겠다고 다짐했다.

낮잠 시간이 끝나고 잠 깨우는 율동 같은 체조를 하는 아이들을 보니 너무나 사랑스러웠다. 나중에 체육시간이 되면 도망 다니는 토끼처럼 뛰어다니는 아이들에게 나의 체력을 들이붓게 될 것을 꿈에도 모를 시절이다. 아이들을 보며 보건 교육은 어떻게 진행하면 좋을까, 예체능 교육은 어떤 새로운 것을 보여주면서 창의력을 길러주면 좋을까, 팀원들과 고민을 하며 집으로 돌아온 날이다. 이 아이들이 커서 이 나라를 바꾸는 인재가 되는 것을 바라기보다는 채석장에 사는 이 아이들의 어린 시절에 '어릴 때는 이런 것들을 배우고 경험하며 즐거워했었지.'라는 추억 한 줄이 남는다면 성공적인 5개월이라고 생각한다. 이러한 나의 바람이 이루어졌는지 확인할 수는 없지만 최선을 다한 5개월의 시간들이 아이들의 마음속에, 그리고 선생님들의 마음속에 남아 알게 모르게 영향을 주었으리라 믿는다.

조금 더 오래 유치원에 있었던 아이들은
자신보다 더 어리고 미숙한 아이들을 잘 챙기는데 그 모습이
기특하면서도 빨리 철이 든 것 같아 마음이 시큰했다.

마나사 타나나

Manasa Tanana

(손 씻기)

꿈의 유치원은 언덕이 많은 마다가스카르의 수도 중 유독 높고 단단한 언덕 위에 있었다. 채석장이 있는 이 땅에 물을 공급하는 수도 시설은 물론이고 고여 있는 우물조차 없었다. 이런 아이들에게 어떻게 보건교육을 하면 좋을까 고민을 많이 했다. 손 씻기의 중요성, 음식을 골고루 먹는 것의 중요성에 대해 교육한들, 아이들이 알고 있다 한들 상황이 받쳐주지 않는 이 현실이 풀리지 않는 숙제였다. 그래도, 알면서도 못하는 것과 모르기에 못하는 것을 다르지 않을까. 물이 없어도 되는 손 소독제를 예산에 맞춰 최대한 많이 구매를 했다.

그렇게 다가온 첫 보건 수업 날! 내 전공과 연결 지을 수 있고, 아이들에게 실질적으로 도움이 될 수 있다는 생각에 마음이 부풀어지는 것은 어쩔 수 없었다. 우리 손에는 세균이 있다는 것을 직접 그린 그림을 통해 알려주고, 들고 간 노트북으로 동영상도 보여주며 아이들이 흥미를 갖도록 했다. 간호학과라면 귀에 딱지가 앉도록 많이 들었던 손 씻기 6단계를 교육했다. 아이들의 수준에 맞게 쉬운 단어와 동작으로 열심히 가르쳤다. 아이들이 잘 따라오지 못하면 손을 비비는 동작이라도 알려줘야겠다는 마음으로 교육에 임했었다. 그런데 6단계를 꼼꼼히 잘 따라 하는 아이들을 보며 우리 아이들을 내가 너무 어리게만 봤구나 싶었다. 이후 반복하고, 노래도 하며 실제로 손 소독제를 손에 쥐어 주었다. 스스로 직접 해볼 수 있도록 해주었다. 처음 보는 젤 소독제에 신기해하며 좋아하는 모습을 보니 정말 뿌듯했다.

교육한 이후, 점심시간 전마다 손 소독제로 열심히 손 씻기를 수행하는 아이들을 보며 매우 뿌듯했다. 내가 교육한 것을 기억해 주는구나, 내가 교육한 것들이 쓸모가 있구나. 이 기분이 있기에 계속해서 교육하고, 고민할 수 있는 힘이

생기는 것 같다. 교육을 받고 환경이 된다면, 충분히 실천할
수 있는 아이들이다. 아이들에게 맞춰 가는 것도 좋지만, 한
발짝 더 나아가서 내가 끌어주며 더 큰 기회를 주는 것이 내
가 할 역할이라는 생각을 하였다.

손 씻기 6단계 교육에
잘 따라오는 아이들!

제레오 아호!

Jereo aho!

(나를 보세요!)

마다가스카르 아이들은 예체능, 창의력 교육을 제대로 받지 못한다. 미취학 아동들은 돌봄의 개념이 강하고 초등학교에 입학한 후에는 프랑스어, 수학과 같은 과목을 배운다. 미술, 음악 혹은 체육은 정규 교육과정에 포함되지 않는다. 그렇기에 우리가 가르칠 아동들에게는 좀 더 재미있는, 창의력을 발휘할 수 있는 시간을 만들어나가고 싶었다.

나를 포함한 봉사단원들이 현지어인 말라가시어를 현지 적응 기간에 처음 접했다. 그렇기에 우리는 사실 교육을 능

수능란하게 할 정도의 현지어 실력이 받쳐주지 못했다. 현지 선생님을 통해 계속해서 과외를 받기는 했지만 교육 준비하랴, 언어 배우랴, 교육 외에 진행하는 프로젝트 준비하랴, 언어만 파고 있을 시간도 체력도 부족했다. 다행스럽게도 언어를 알아야만 교육을 잘하는 것은 아니다. 우리가 아는 만큼의 언어로도 충분히 교육할 수 있었다. 오히려 더 쉬운 단어를 말하고, 율동과 노래로 만들어서 가르치니 더 쉽게 이해하고 따라 할 수 있는 교육이 되었다.

그중 우리가 미술시간에 가장 많이 쓴 말은 "Jereo aho(제레오 아호)"이다. '나를 보세요.'라는 뜻으로 이 말만 알면 수업 시간에 웬만한 내용은 다 전달할 수 있다. 먼저 시범을 보이면 흡수력이 빠른 우리 아이들은 곧잘 따라 하고, 더 나아가 자신만의 미술작품을 만들어냈다. 수업 시간이 되면 각자 자리에 앉아 초롱초롱한 눈망울로 우리를 바라보며 선생님인 우리가 하는 행동, 손끝 하나까지 눈동자로 쫓으며 열심히 듣는다. 물론 각각의 수업마다 대본을 만들었지만 대본을 보면서 수업할 수는 없었다. 나의 시선은 아이들의 눈과 손을 쫓기에도 바빴다. 결국에는 "Jereo aho."로만 수업을 하게 된다. 그렇게 우리가 먼저 시범을 보이면 아이들은 각자의 솜씨와 취향을 발휘하여 작품을 만들어냈다. 아이들이 만든 결과물을 보면 똑같지 않고 각자의 개성이 드러나게 되어 구경하는 재미가 쏠쏠했다. 알록달록한 색종이를 처음 볼 때의 그 눈빛, 클레이를 가져가서 원하는 것을 만들어보라고 했을 때의 설렘이 가득하던 손가락, 반짝이 풀과 스티커를 보며 빨리 받고 싶어서 안절부절 하던 모습까지 아이들의 사소한 행동들이 미술시간을 더욱 재밌게 만들어가고 싶게 한 에너지이자 원동력이었다. 미술 수업을 통해 다양한 미술 기법과 창의력을 얻어감과 더불어 즐겁고 행복했던 시간을 얻어갔길 바란다.

수업을 하면 할수록 원하는 색을 말하며
표현할 줄 알게 되는 아이들의 모습에 뿌듯했다.

미페라챠, 다올로!

Mipetraha, daholo ô!

(앉으세요, 여러분!)

아이들과 하는 모든 수업이 소중하지만 그렇다고 힘들지 않았던 것은 아니다. 다른 수업보다 유독 힘든 수업은 예상 가능하게도 체육수업이었다. 아이들이 더 많은 것을 경험해 보고, 더 재미있게 체육시간을 보냈으면 하는 마음에 놀이 위주의 활동적인 수업을 진행하였다. 한국의 아이들도 물론 그렇겠지만 내가 마다가스카르에서 가르쳤던 아이들은 유독 풍선과 비눗방울에 반응이 매우 뜨거웠다. 처음 보는 커다란 비눗방울과 둥실둥실 떠오르는 풍선은 때로는 아이들을 울리기도 하고 서로를 밀치게도 하였다.

하루는, 빈 페트병에 물을 담아 볼링 핀으로 만들어 볼링 수업을 진행하였다. 모두들 빨리, 더 많이 하고 싶어 했고, 아이들의 수에 비해 선생님과 페트병은 부족했다. 아직 아이들은 규칙보다는 눈앞에 보이는 놀이가 너무 즐거웠기에 "여러분!! 앉으세요!"를 수도 없이 말해야만 했다.

그 와중에 못하는 아이들이 없도록, 모두가 한 번씩은 해보도록 신경을 써야 했다. 체육시간만 되면 'Mipetraha!(미페라챠!)'를 외쳐야만 했고, 수업이 끝난 후에는 온갖 힘과 진이 다 빠졌다. 처음 해보는 놀이이기에 아이들의 반응이 이해가 가고 지금까지는 이렇게 놀 기회가 없다는 것이기에 때로는 안타깝기도 했다. 그러나 말을 너무나도 안 듣는 아이들을 볼 때면 가끔씩은 미워지기도 했다. 덕분에 고운 정 미운 정 다 들었다.

이 글을 쓰는 지금도 시도 때도 없이 마음이 뭉클해진다. 5개월을 살아가며 힘든 순간들에 '마다가스카르는 다시 못 오겠다.'라고 다짐했으면서도 아이들이 보고 싶어 마다가스카르로 또 가고 싶다.

때로는 나를 힘들게 했어도 미워할 수 없는 아이들이 문득 생각날 때면 눈물이 고인다. 그래서 일부러 진이 다 빠졌던 체육시간을 떠올리는데 그럼에도 다시 마다가스카르로 가고 싶은 걸 보면 힘들었다고 생각했던 체육시간마저 짙은 그리움으로 남아 있는 것 같다.

비눗방울 놀이에
뜨거운 열정을 보인 아이들!

아베레노

Avereneo

(반복하세요)

　체육과 음악 시간을 잘 융합했던 율동 시간. 원래 생각했
던 것은 음악수업이었기에 노래를 알려줄까 하다가 한국의
어린이들처럼 율동도 섞어서 더 즐겁게 노래하면 좋겠다는
생각을 했다. 아이들이 따라 할 수 있도록 쉽게 동작을 만들
었다. 첫 선곡은 〈올챙이와 개구리〉였다. 어릴 적 불렀던 동
요를 떠올리며, 팀원들과 율동을 만들었다. 여기서 어려웠
던 점은 가사 중 '꼬물꼬물', '팔딱팔딱'이라는 올챙이, 개구리
의 움직임을 표현한 소리가 있는데 이를 어떻게 번역할지가
고민이었다. 결국, 의태어는 번역하지 않고 그대로 살리기로

했다. 아이들은 '꼬물꼬물', '팔딱팔딱'을 귀여운 발음으로 소화해냈다.

　노래의 힘은 강력하다. 한국에 온 뒤로 말라가시어를 떠올리려고 하면 고민하고 생각을 해야 하는데 아이들에게 가르쳤던 〈올챙이와 개구리〉 말라가시어 버전은 바로 뚝딱 입으로 나온다. 율동에 익숙하지 않은 아이들이기에 앞에서 시범을 보여주며 동작을 아주 크게 하였고, 덩달아 나까지 즐거워졌었다. 율동 수업에 있어서는 'Avereneo(아베레노)'를 반복했다. 'Avereneo'는 '반복하세요.'라는 뜻으로 아이들이 노래와 율동에 익숙해질 때까지 'Avereneo'를 말하며 수업을 진행했다. 처음부터 잘하진 못했지만 여러 번 반복하다 보니 귀엽게 잘 따라 하는 아이들을 보며 뿌듯함과 더불어 아이들에 대한 사랑은 더 커져만 갔다. 이후에 동요 〈뽀뽀뽀〉, 〈We wish you a merry christmas〉, 〈머리 어깨 무릎 발〉과 같은 동요에 율동을 첨가하여 수업을 진행하였다. 연말에는 크리스마스 학예회가 있기에 아이들이 무대에서 더 잘할 수 있도록 더 열정적으로 가르쳤다. 율동 시간은 다른 수업 시간보다 더욱 수업 자체를 온전히 즐겼다. 잘 따라 할 수 있도록 동작을 크게 하는 나 자신을 보며 나의 어린 시절 기억 속 어린이집 선생님이 된 것 같은 기분에 들떠서 더 열심히 율동을 보여줬다. 아이들도 즐겁고 나도 함께 어린 시절의 내가 되어 즐거웠던 시간들이다. 어린 시절에 불렀던 동요는 성인이 된 지금도 어렴풋이 기억이 난다. 나와 함께 했던 시간들도 아이들의 기억에 동요로 남아 성인이 된 후로도 어렴풋이 기억해 주면 더 바랄 게 없다.

율동을 위해 준비하는 모습,
키와 체구가 작은 어린 아이들이 제일 앞줄에 선다.

짜라베!

Tsara be!

(너무 잘했어!)

　수업을 진행하며 여러 가지 말을 많이 했지만 그중에서도 가장 많이 한 말은 'Tsara be!!(짜라베)'이다. '잘했어!'라는 뜻으로 아이들이 무언가를 해낼 때마다 잘했다고 칭찬해 주었다. 특히, 미술시간에 아이들은 칭찬을 받고 싶어서 직접 만든 미술작품을 눈앞에 가까이 대주었다. 그럴 때마다 나는 셀 수 없이 많은 'Tsara be'를 5개월 내내 말했다. 'Tsara be'는 5개월 동안 가장 많이 말한 말라가시어 문장이다. 이렇게 꾸준히 'Tsara be'를 말한 미술시간도 있지만 단시간, 하루 동안 'Tsara be'를 가장 많이 말한 날은 단연코 크리스마스 학예회이다. 많은 시간들 중 크리스마스 학예회 날은 유독 잘했다는 칭찬을 많이, 아주 진심으로 한 날이다.

학예회는 바로 옆에 있는 꿈의 초등학교와 함께 진행했다. 꿈의 초등학교는 수도의 '날마다' 팀이 담당하고 있었다. 다른 팀도 있고, 초등학교 학생들, 그리고 아이들의 가족들이 모두 모이는 날이기에 우리 아이들이 유독 더 예쁘게 보였으면 하는 마음이 들었다. 그렇기에 꿈의 유치원에 갈 때마다 율동 복습 수업을 조금씩이라도 넣었다. 〈올챙이와 개구리〉 율동에 쓸 개구리 머리띠를 미술시간에 만들며 학예회가 아이들의 손길이 더 닿을 수 있도록 구성했다.

그렇게 학예회 당일이 되었고, 아이들은 각자 자신이 가진 가장 예쁜 옷을 입고 학교로 왔다. 엄마, 아빠, 혹은 할머니, 할아버지의 손을 잡고 병아리처럼 걸어오는 모습에 가족들로부터 사랑받고 있음이 느껴져서 기분 좋게 들뜬 마음으로 학예회를 시작했다.

어린 시절, 이러한 학예회 때 반대편에서 열심히 율동을 따라 할 수 있도록 시범을 보이신 선생님들처럼 나 역시 아이들의 맞은편에서 열심히 율동을 했다. 사실 무대에서 긴장해서 가만히 있거나 혹은 어린아이들이기에 울더라도 괜찮다는 마음으로 임했다. 그러나 노래 반주가 시작하자마자 무릎을 폈다 구부렸다 하는 아이들을 보니 4개월간 가르쳤던 순간들이 환하게 빛을 발하는 것으로 보여 너무나 행복했다. '우리 아이들이에요, 내가 가르쳤어요!!'하고 온 세상에 자랑하고 싶은 마음이 들었다. 무대에서 내려오는 아이들을 한 명, 한 명 안아주며 잘했다고 칭찬해 주었다. 잘해낸 아이들과 즐거워하는 가족들을 보며 벅차오르는 뿌듯함을 느꼈다. 사랑스러운 아이들의 모습을 보며 꽉 찬 행복을 만끽했다.

연말의 크리스마스 학예회는 마치 5개월 활동의 마무리 지점이 다다랐음을 알려주는 시간인 듯해 더 애틋했다. 첫 만남에는 어색해하고 멀찍이만 있던 아이들이었는데 이제는 먼저 다가와 내 손을 잡고, 무대에서 내려오자마자 나를 찾는 아이들을 보며 이제 어떻게 한국으로 돌아가나 걱정이 되었다. 학예회를 진행하며 단기 봉사활동과 중기 봉사활동의 차이를 확실하게 느꼈다.

물론 단기 봉사활동도 충분히 의미 있고, 소중한 시간들이었다. 그러나 단기 봉사활동을 하며 관계를 더 형성하지 못함에 아쉬웠는데, 학예회를 하며 중기 봉사활동에서 내가 원하던 것을 확실하게 채웠다. 관계를 진하게 형성함과 더불어 아이들의 가족들 그리고 현지의 선생님들과 그들의 일상 속에 진정으로 녹아들었음을 느꼈다. 이러한 기분을 느낄 수 있도록 해준 아이들과 선생님들에게 감사함을 느낀다. 이방인에서 선생님이 되었고, 지지자가 되었다. 아이들과 함께했던 5개월의 시간들이 아이들의 추억 속에 남아 가슴 한쪽에서 따뜻함이 되었길 바란다.

아이들이 직접 만든 개구리 머리띠를 나눠주며
학예회를 준비하는 모습

<올챙이와 개구리> 무대를
준비하는 아이들

볼풀장
추억
만들어주기

봉사활동을 하며 교육봉사만 한 것은 아니었다. '현장 프로
젝트'를 하게 되면 국가에서 추가적인 예산을 지원받아 현지
에 도움이 되는 일을 할 수 있었다. 우리 팀원들은 현장 프로
젝트로 무엇을 할지 고민을 했다. 뒷장에서 나오겠지만 우리
팀은 현장 프로젝트로 간호학 · 의학 도서관 설립 프로젝트
를 하게 되었다. 현장 프로젝트는 하나만 할 수 있었기에 꿈
의 유치원에 무언가를 더 해주지 못한다는 아쉬움이 있었다.
꿈의 유치원 시설은 시간이 지남에 따라 현재는 많이 낙후된
상황이었다. 하나라도 더 해주고 싶은 마음에 우리 팀은 원

래 있던 예산으로 꿈의 유치원의 시설 보수를 하는 것으로 결정했다.

어릴 적 어린이집에 다니면서 가장 행복했던 놀이터는 볼 풀장이었다. 강당의 볼풀장에 간다고 하면 가장 신이 났다. 수많은 플라스틱 공들 사이를 헤엄치며 놀면 혼자 놀아도, 여 럿이서 놀아도 가장 즐겁게 놀 수 있는 공간이었다. 그래서 우리는 시설 보수와 더불어 볼풀장을 만들어주기로 했다.

봉사활동 예산은 국가에서 받는 예산이기에 회계 처리를 위해서는 여러 조건이 만족되는 영수증이 필수적이었다. 회 계를 담당했던 나는 현지의 마트에서 살 수 없는 물건을 살 때 가장 곤혹스러웠다. 수기 영수증을 받을 경우 판매자의 신분증이 필요한데 마다가스카르의 현지 사람들은 신분증이 아주 흐리거나 없거나 집에 놓고 온 경우가 많았다. 물론, 처 음 보는 외국인에게 신분증을 보여주기 꺼려져서 거짓말을 하며 보여주지 않았을 가능성도 있다. 볼풀장을 만들어주기 위해서는 수기 영수증 조건을 맞춰야 했고, 우리는 나무를 사는 곳을 몇 번이나 방문한 끝에 수기 영수증과 신분증 복사본을 얻을 수 있었다. 이미 하고 있는 봉사와 프로젝트들의 사이사이에 이 작은 프로젝트를 하느라 힘들었지만 완성된 결과물을 보니 하길 잘했다는 생각뿐이었다. 아이들이 너무나 행복한 표정으로 형형색색의 공 사이에서 헤엄치는 모습을 보니 역시 후회 없이 하나라도 더 해주길 잘했다는 마음이 들었다.

볼풀장을 만들기 위해서
나무를 구하는 모습

생각보다 더 좋아하는 아이들의 모습에
매우 뿌듯했다.

벨루마

Veloma

(헤어질 때 하는 안녕)

마지막 활동 날이 결국엔 찾아왔다. 마지막 날이 오기 며
칠 전부터 우리는 울지 않으리라 다짐했다. 팀원들이 나에게
"너 100% 운다!"라고 말했을 때도 나는 자신 있게 울지 않을
것이라고 말했다. 사실 이미 5개월 동안의 마다가스카르 생
활로 인해 지치기도 하였고, 무엇보다 한국에 가고 싶은 마
음도 점점 커졌기에 울지 않고 뿌듯하고 기쁜 마음만을 안고
작별을 말할 수 있을 줄 알았다. 아이들에게 줄 사진을 찾고,
각자에게 줄 장난감 선물을 포장할 때도 나는 내가 울지 않
을 줄 알았다.

그렇게 아이들 한 명씩에게 마지막 선물을 주고 지금까지 썼던 물건들을 기증하기 위해 정리를 하고 있는데 선생님께서 갑자기 선물을 주시기에 놀랐다. 아무것도 바라지 않고 활동에 임했고, 더 주지 못해 아쉬울 뿐이었는데 갑자기 선생님들이 선물을 꺼내셨다. 놀란 마음을 가라앉혀야겠다는 생각을 하기도 전에 눈물부터 나왔다. 적어도 아이들 앞에서는 울고 싶지 않는데 주체할 수 없는 눈물에 나 자신도 당황스러웠다. 그 와중에 몇몇 아이들은 우는 나를 보고 걱정이 담긴 시선과 동그랗게 커진 눈으로 나를 바라보았다. 황급히 자리를 뜨고 밖으로 나와 눈물을 훔쳤다. 그 선물은 아이들이 그린 세상에 하나뿐인 그림과 손바닥 도장, 입술 도장이 찍힌 종이들이었다. 앙증맞은 손바닥과 입술들이 다시는 못 볼 것 같다는 생각과 부딪쳐서 눈물이 되어 쏟아졌다.

　사실 첫 만남 때부터 알고 있었다. 떠날 때 눈물이 날 것을 알면서도 마음을 아낄 수 없었고, 아끼지 않은 마음만큼 아쉬움은 짙어졌다. 다시 만나기 힘들 것 같다는 느낌은 말하지 않아도 느껴지는 것이기에 아무도 마지막 인사라고 하지 않았지만 눈물이 먼저 나온 듯하다. 우리가 없을 때 손바닥과 입술 도장을 찍고 그림을 그렸을 아이들을 생각하니 더 감동이었다. 어쩌면 한국에 가고 싶다는 생각을 한 나 자신에 대한 질책과 가끔은 힘들어서 더 놀아주지 못한 순간들에 대한 아쉬움도 섞인 눈물이었을 것이다. 그러한 복합적인 눈물을 뒤로하고 정말 마지막 인사를 하며 아이들을 안아주고 다시 물품 정리를 했다. 그러자 한 아이가 나에게 다가와 나의 마른 눈물자국이 있는 볼을 작은 손으로 투박하지만 부드럽게 닦아주었다. 왜 우는지 온전히 이해하지 못하면서도 우는 이유를 묻지도 않고 말없이 눈물을 닦아주었다. 이 만남이 마지막이라는 것을 모르는 아이들이 야속할 줄 알았는데 한없이 예쁘기만 한 아이들이었다.

이전에 한 번 다른 일정으로 유치원에 가지 못한 날, 아이들은 선생님께 왜 한국인 선생님들이 오지 않느냐고 물었다고 했다. 오늘 한국인 선생님 오는 날인데 왜 오지 않느냐고 물어봤다는 아이들이 이제는 그 물음을 몇 번 더 하게 될 것이라는 생각이 들자 또 마음이 아려왔다. 나는 내가 아이들을 많이 안아줬다고 생각했는데 반대였나 보다. 아이들이 나를 한껏 안아준 것임을 마지막이 되어서야 깨달았다. 다시 안아주고 아이들과 볼을 비비고 싶다는 핑계를 대고 마다가스카르행 비행기를 끊어 아이들을 찾아가고 싶은 요즘, 그 마음을 달래려 이렇게 글로 풀어내 본다. "Veloma!(벨루마)"라고 안녕이라는 마지막 인사를 건넸지만 마지막이 아니 될 것임을 다짐한다.

아이들의 앞날에 건강,
교육 그리고 기회가 있길

쉬는 시간이 되어 바깥에 있는 의자에 앉아 있으면
하나둘씩 옆으로 오던 아이들.

내가 알아듣지 못해도 쉴 새 없이 떠들며
내 머리카락을 만지던 순간들이 너무 그립다.

부끄러움이 많고 낯을 많이 가리던 아이가
먼저 내 손을 잡아준 날

매트 위에서 수업을 할 때
신발을 벗어야 하는데 아이들은 이렇게 정리를 하였다.

제4장

앙카추
(Ankatso)
대학교 :

좋아해줘서
고마워

중국인
아니야!

현지 적응 기간에 파견 기관인 앙카추 대학교 역시 방문했다. 우리는 이동할 때 차를 타고 이동했다. 대학교 내에서는 주차장에 차를 주차 후 걸어서 우리가 활동할 기관인 코리아 코너로 갔다. 아, 대학교 내에서만큼은 듣고 싶지 않았는데 역시나 '니하오'를 듣고야 말았다. 집 앞의 길거리에서 쌀을 사거나 과일을 사러 갈 때 동네 주민들이 '니하오'라고 했을 때도 물론 기분이 좋지 않았다. 그래도 '그 사람들은 모르니까.'라고 생각하며 넘겼다. 그런데 대학교에서도 학생들이 '니하오'를 하는 모습에는 왠지 더 속상했다.

내가 이전에 모로코로 혼자 배낭여행을 갔을 때, 길을 걸으면 '니하오'를 꽤 들었었다. 그러던 중 어느 자석 가게 앞을 지나는데 '안녕하세요!'라고 하는 것이다. 그래서 반가운 마음에 그 젊은 주인과 대화를 꽤 했다. 내가 여기 사람들은 다들 '니하오'라고만 한다면서 속상하다고 하자 그 주인은 사람들이 몰라서 그러는 것이라고 했다. 그래서 내가 인종차별이라고 하자 화들짝 놀라며 그런 의도가 아니라 말 걸고 싶어서 그런 것이라며 당황스러워했다. 그렇다. 사실 나도 비꼬는 것인지 호객행위인 것인지 느낌으로 안다. 중국인이 절대적으로 많기에 동양인이 다 중국인인 줄 알고 그 나라의 언어로 말을 걸어 자신의 가게로 오게 하는 것이다. 우리가 갖고 있는 차별적인 언어 행위나 행동은 몰라서 인지하지 못하고 나오는 경우도 있다. 그러나 그것 역시 잘못된 것이라는 생각이 들었다. 길을 걸을 때, 물건을 살 때 '니하오'라는 소리를 듣지 않고 아시아에 다양한 나라의 사람들이 있다는 것을 사람들이 알게 되었으면 좋겠다.

앙카추 대학교에서 또다시 '니하오'라는 말을 들었을 때, 이들이 친해지고 싶어서 혹은 말을 걸어보고 싶어서 한 말일지라도 기분이 좋지 않았다. 심지어 친해지고 싶다는 의도가 아닌 인종차별적인 '니하오'였기에 빠르게 걸어 목적지인 코리아 코너로 갔다. 이곳에서 우리는 대학생들에게 한국어 교육을 할 것이다. 그런데 안타깝게도 따로 마련된 공간이 아닌 도서관 내의 작은 부스였다. 심지어 그 가벽이 천장까지 닿지 않아 우리가 말을 하면 조용한 도서관 내에 다 들렸다. 건물 전체가 중국어를 배울 수 있는 공자학당과 비교가 되어 안타까웠다. 덕분에 한국어 교육과 한국 문화 교육을 정말 열심히 해야겠다고 다짐했다.

결과적으로는 우리는 5개월 내내 수업 공간이 마련되지 않아 사용 가능한 강의실 여러 곳을 전전하며 수업을 진행했다. 나중에서야, 우리가 한국에 온 뒤 작게나마 강의실이 마련되었다는 소식을 전해 들었다. 비록 지금 그곳에서 내가 수업할 수 있는 것은 아니지만 강의실이 마련되었다는 사실에 기뻤다. 앞으로 그곳에서 계속적으로 수업이 이루어지고 봉사단이 파견되었으면 좋겠다.

앙카추 대학교 입구,
마다가스카르 국기와 구름과 빛이 너무 예뻤다.

안.녕.
하.세.요.

수업 첫날, 우리를 맞이해 준 학생들은 한국어를 이미 알고 있는 학생도 있었고, 이제 한국어를 처음 접하며 시작하고 싶어 하는 친구들도 있었다. 그중 이미 한국어를 조금은 알고 있는 친구들은 우리를 보자마자 '안녕하세요.'라고 인사하며 반겨주었다. 코리아 코너 관장님께서 말씀해 주시길 한국어를 배우고 싶은 사람이 많아서 면접을 보고 뽑힌 학생들만이 이 자리에 앉아 있다고 알려주셨다. 한국어를 배우고 싶지만 수업이 없어서 대신 중국의 공자학당에 간 학생들도 많다고 한다. 앙카추 대학교 내에는 중국어 학과가 있으며

'공자학당'이라는 건물에서 중국어 수업을 한다. 중국어를 배우고 싶으면 공자학당이라는 큰 건물에서 수업을 들을 수 있는데 한국어 수업을 위한 공간은 없었다. 그렇기에 한국어를 배우고 싶어도 한국어를 배울 수 있는 공간, 인력, 수업이 없기에 배우지 못한 것이다.

수업 공간으로 들어가니 다들 초롱초롱한 눈빛으로 기대에 찬 마음을 보여주었다. 우리는 한글, 한국어뿐만 아니라 한국의 문화와 삶을 보여주고 싶었다. 두 시간은 한국어 수업을 하고, 두 시간은 문화 수업을 진행했다. 그렇게 수업을 시작하며 우리들의 소개를 하고 한국어에 대해, 한국의 문화에 대해 수업을 하였다. 1교시가 끝나갈 때쯤, 쉬는 시간을 가지려 했으나 학생들은 더 배우고 싶다며 쉬는 시간 없이 수업하길 바랐다. 학생들의 열정에 고맙고 기분이 좋아졌다. 그러나 한편으로는 이렇게 배우고 싶어 하는 학생들이 있는데 한국어를 배울 수 있는 수업이 없었다는 것이 속상했다.

어려워하는 발음은 반복해서 가르쳤다. 복습을 열심히 해준 학생들 덕분에 학생들의 실력은 빠르게 발전했다. 우리가 교실로 들어가면 다 함께 느리지만 또박또박 '안.녕.하.세.요.'를 외치는 학생들을 보며 뿌듯했다. 자기소개를 하고, 단어를 쓰고 말하는 모습들을 보며 괜히 우리들의 어릴 적이 생각났다. '나도 어릴 때 저렇게 반복해서 말하고 쓰고 따라 하며 점점 익혀나갔겠지?' 하며 기억나지 않는 어린 시절을 회상해본다.

임시로 빌린 수업 공간에서
열심히 수업을 하는 모습

쓰세요,
따라 하세요

우리는 마다가스카르에서 5개월 동안 거주 및 봉사활동을
하며 마다가스카르 언어를 배우고 익혔다. 그러나 사실 유치
원도 초등학교도 아닌 대학교에서 그 나라의 언어로 수업을
하는 것은 정말 어려운 일이었다. 대본을 짜고, 인터넷 번역
기를 통해 한국어에서 영어로, 영어에서 다시 말라가시어로
바꾸었지만 매 수업마다 대본을 짜고 자연스럽게 말하는 것
은 쉽지 않았다. 결국 우리는 학생들에게 수업 중 우리가 하
는 말을 알아들을 수 있도록 '쓰다. 말하다. 따라 하다. 반복
하다.'와 같은 말들을 먼저 알려주었다. 그 후로는 수업 때마

다 한국어를 섞어가며 수업을 진행할 수 있었다. 시간이 지날수록 우리는 점점 한국어를 많이 써가며 수업했다. 수업 시간에 계속 사용하다 보니 학생들도 더 잊지 않고 자동으로 반복학습하게 되는 효과도 있었다.

학생들은 수업에 대한 열정으로 한국어를 빠르게 익혀나갔다. 그러나 그러한 열정에도 학생들이 힘들어하고 좀처럼 쉽게 나아지지 못했던 부분은 발음이었다. 쓰는 것이나 단어를 외우는 것은 잘 따라왔으나 발음에 있어서 된소리나 받침이 있는 말을 어려워했다. 그럴 때마다 우리는 반복해서 '빵, 똥, 땅'을 말했고, 학생들은 따라 하며 한국어를 익혀나갔다. 수업의 마지막 10분은 받아쓰기를 하였다. 시험 후 자신들이 직접 채점하였는데, 틀릴 때마다 학생들의 아쉬워하는 소리가 그들의 열정적인 마음을 대변하는 것 같아서 뿌듯했다. 아는 것이 많아질수록 학생들은 질문을 더 많이 하였고, 그 질문의 수준이 올라감을 느꼈다. 마다가스카르의 지성인이자 장차 미래를 이끌어 갈 대학생들이 한글을 쓰는 모습을 보며 단순히 한국어 교육을 했다는 것보다 더 큰 의미를 지닌 것 같아 스스로가 뿌듯하고 대견했다.

문화수업 때는 한국에 대해 보여주고 설명해 주었더니, 원래도 한국에 와보고 싶다던 학생들은 언젠가, 막연하게만 바라보았던 한국 방문을 좀 더 강렬하게 원했다. 한복에 대해 보여준 후 직접 색종이로 한복 접기 수업을 했다. 색종이 수업이 지루하지는 않을까 걱정했었는데 학생들은 초롱초롱한 눈빛으로 재밌어 하며 좋아했다. 우리는 행사가 있을 때 입으려고 한국에서 사 왔던 개량 한복을 가지고 가서 학생들이 입어볼 수 있도록 했다. 형형색색의 한복을 입고 좋아하는 모습이 정말 예뻤다. 남자 옷은 없어서 남학생들은 입어보지 못해 아쉬웠다. 색종이로 한복 접기나 칠교놀이와 같은 수업은 한 번의 수업 분량에 걸쳐 이루어졌고, 우리에게 심적 부담도 없었다. 문화수업 시간에 무엇을 할지 고민하던 우리는 학생들에게 의견을 물었고, 학생들은 K-pop 춤을 추고 싶다고 했다. 우리는 결국 K-pop을 알려주기로 했다. 우리 팀원들 중 누구도 댄스동아리 출신은 없었기에 수업 전 정말 많은 연습을 하고 K-pop 수업을 진행했다. 블랙핑크의 〈Kill This Love〉를 셀 수 없이 연습하고 수업을 진행하였지만 우리는 뚝딱거렸고, 학생들과 함께 춤을 배워나갔다. 우리가 잘 추지는 못했지만 열정은 알아주었길 바란다. 노래를 부르며 춤을 추는 우리의 모습이 우스꽝스러워서인지 즐거워서인지는 모르겠지만 학생들이 많이 웃었으니 그걸로 됐다고 생각한다. 이 외에도 '무궁화 꽃이 피었습니다' 게임, '수건 돌리기' 등을 하며 즐거운 문화수업을 이어나갔다.

수업을 할수록 꼭 한국에 갈 것이라고 말하는 학생들을 보며 우리가 마다가스카르가 아닌 한국에서도 꼭 다시 만나길 기원했다. 때로는 수업을 어려워하기도 하였지만 우리의 설명을 듣고 점차 나아지고, 잘하게 되는 학생들을 보며 보람을 느꼈다. 가끔은 수업에 가기 싫은 날도 있었지만 그러한 마음가짐으로 학교까지 간 시간들을 미안하게 만들 만큼 학생들은 열정적이었다. 그들의 열정을 글로 다 쓸 수 없겠지만 최대한 다 전해졌길 바란다.

간단한 한국어 시험을 보고 해설하는 모습.
채점을 하며 틀릴 때마다 탄식의 소리가 들렸다.

한국문화 수업시간에
한복 종이접기를 하고 즐거워하는 학생들

기다리고
기다리던
한식 축제

한국과 관련된 축제를 하면 좋겠다는 생각을 했다. 축제처럼 한국어 부스를 크게 열어 한국어 수업을 듣지 않는 학생들도 한국 문화를 느끼고 즐기기를 바랐다. 그러나 우리 팀원은 총 4명이었고, 예산 역시 부족했다. 물론 현장 프로젝트라는 이름으로 새로 예산을 받을 수 있었으나, 우리는 이미 현장 프로젝트로 간호학·의학 도서관 설립을 하는 것으로 결정한 상태였다. 따라서 한정적인 예산과 인력으로는 축제를 여는 것을 어려운 일이었다. 그래서 우리 학생들만큼이라도 더 문화를 느껴보았으면 하는 마음에 한국어 수업을 들는 학생들 대상으로 한식축제를 열었다. 한국 문화 수업을 하며 학생들은 영상으로 보는 음식들을 보며 먹어보고 싶다는 말을 많이 했었다. 그래서 우리는 한식 체험을 통해 한식을 직접 만들어보고 먹어보며 우리만의 축제를 구성했다.

우리가 가르친 학생들은 모두 대학생이기에 가정 형편으로 인해 대학교에 진학조차 못하는 학생들에 비해 경제적 수준은 좋은 편이었으나 그래도 점심을 굶거나 간단히 과자만 먹는 학생들도 많았다. 그래서 우리는 음식을 아주 넉넉하게 모두가 배불리 먹을 수 있도록 예산을 집행하고 재료를 구매했다. 남을지언정 부족하게 진행하고 싶지 않았다. 그래서 우리는 마다가스카르에서 구할 수 있는 재료들을 모두 구했다. 고추장은 외교부에서 보내주신 코이카 추석 격려품을 통해 받은 고추장을 사용했다. 그 외에도 추석 격려품을 통해 받은 약과를 가져갔다. 우리가 만들기로 한 음식은 비빔밥, 불고기, 계란말이였다. 사실 라면도 보여주고 싶었으나 라면은 우리에게 너무 소중한 존재여서 차마 나눠먹을 수 없었다. 우리는 음식들을 미리 연습해보기도 하고, 학생들에게 설명해 줄 발표 자료를 만들며 준비과정에서부터 설레었다.

축제 당일, 평소에는 종종 빠지던 학생들도 오늘만큼은 모두 참석하여 정말 많은 학생들이 수업에 참여했다. 모두 들뜬 마음으로 온 것이 눈에 보였다. 많은 양의 음식을 만들어야 하기도 하고 학생들이 직접 참여하면 좋겠다고 생각했기에 우리는 재료를 씻어가기만 했다. 도마와 칼, 가스레인지, 음식 재료들, 그릇 등등 필요한 물품을 바리바리 들고 갔다. 학생들과 같이 재료를 썰고 볶았다. 가스가 약해서 음식이 익는데 오래 걸렸으나 학생들에게 그것 정도는 문제가 되지 않았다. 학생들이 귀찮아하면 어쩌나 걱정했는데 귀찮아하기는커녕 서로 하고 싶어 했다. 마치 나의 어린 시절의 명절이 생각났다. 지금은 전을 부치더라도 엄마를 도와야 한다는 마음으로 하는 것이지만 어릴 때는 진짜로 내가 하고 싶어서, 해보고 싶어서 들뜬 마음으로 전을 부쳤다. 어릴 때 명절의 내 모습처럼 학생들은 모두 들뜬 마음으로 자발적으로 요리에 참여했다.

요리가 모두 끝난 후 기다리고 기다리던 시식시간이 되었다. 학생들은 영상으로만 보던 한식을 직접 먹는다며 요리조리 사진을 찍었다. 학생들은 음식만 찍기도 하고, 음식을 들고 있는 자신의 모습을 찍기도 하였다. 학생들의 부푼 마음이 커져 나에게까지 닿았다. 마치 유치원 아이들의 체육시간처럼 흥분한 모습을 보였다. 드디어! 그릇에 음식을 모두 담고 비빔밥을 비비며 작은 축제로 생각했던 이 한식 축제가 비빔밥 축제로 변했다. 신이 나게 비비고 음식을 입에 넣는 순간 학생들은 너무나도 좋아했다. 예상한 것보다 훨씬 더 좋아하는 학생들의 모습에 이렇게 좋아할 줄 알았으면 좀 더 고생하더라도 음식 메뉴를 늘릴 걸 그랬다는 생각도 들었다. 비빔밥에는 원래 한식보다 고추장을 좀 덜 넣었는데도 학생들은 맵다고 했다. 정말 음식이 순식간에 사라졌다. 정말 많이 했는데도 다 먹었다. 다 먹은 후에 뒷정리를 하는데 학생들이 적극적으로 도와주는 모습이 보기 좋았다. 먼저 나서서 정리하고 청소하는 모습에 오늘 하루의 체력적 고단함이 조금은 풀렸다.

이렇게 한국을 좋아하고 우리를 좋아하는 학생들과 함께 진행했던 한식축제는 성공적이었다. 더 많은 한국 음식과 문화를 직접 체험해 볼 수 있는 기회가 적어서 아쉬웠으나, 한국 진출의 첫 발자국인 우리가 적은 인력과 예산으로 진행한 점을 고려하였을 때 성공적이었다고 생각한다.

우리가 함께 만든
재료들을 모두 섞기 전 신난 모습

현지인의 초대?
친구들의 초대!

어느새 5개월의 대장정이 마무리되어갈 무렵, 우리는 슬슬 눈치를 보기 시작했다. 점점 헤어질 날이 가까워질수록 수업이 끝난 후의 우리는 아련한 눈빛을 주고받고는 했다. 그러던 어느 날, 수업을 열심히 들었던, 한국어 수업의 우등생이던 아리엘이 한국에 가기 전에 자신의 집에서 파티를 하자고 했다. 다른 학생들도 초대하여 모두가 함께 마지막 시간을 보내자고 했다. 우리는 흔쾌히 승낙했다. 주말에는 현장 프로젝트도 마무리해야 했고, 다른 특별활동도 있었지만 학생들의 초대를 거절할 수는 없었다.

그렇게 아리엘의 집을 갔는데 학생들이 각자 집에서 요리를 해왔다. 각자 만든 음식을 모아 뷔페식으로 준비를 한 것이다! 음식은 기대하지 않았는데 각자 집에서 싸온 음식들에 정성이 가득 느껴져 감동받았다. 재료는 돈을 모아서 사고, 재료를 각자 집에 들고 가서 요리한 후 다시 도시락 통에 싸온 것이다. 학생들 혹은 학생들의 가족들이 한 음식을 맛있게 먹으며 진정한 현지 음식을 맛보았다. 그런데 여기까지 하면 현지인의 집을 방문한 것에 그치겠지만 우리는 이방인의 관계가 아닌 관계를 형성해온 친구이자 선생님의 관계였기에 더욱 특별했다. 우리를 초대한 것은 이방인에 대한 호기심이 아닌 친구로서의 반가움과 즐거움이었다. 학생들 속에 섞여 함께 한국의 수건돌리기 게임을 하며 시간을 보내다가 학생들이 알려준 마다가스카르 전통 게임을 하며 그들의 문화를 우리가 배우기도 했다. 기타를 치며 마다가스카르 가요를 불러줄 때 뭉클했다. 그 노래를 알고 노래를 따라 부르는 나와 팀원들의 모습이 그래도 여기에 살았다는 것을 증명해주는 것 같았다. 마다가스카르 노래를 하고 문화수업 시간에 알려주었던 아리랑도 불러주는 학생들의 모습에 눈시울이 붉어졌다.

즐겁게 게임을 하다 갈 시간이 되어 가려 하자 마지막으로 사진을 찍는데 다들 단체사진보다는 각자 개인과 우리 팀원 네 명이서 찍은 사진을 원했다. 사진을 찍는 시간만 한 시간이 넘게 걸렸다. 마치 연예인이 된 것 마냥 우리는 고정되어 있고 중간에 학생들의 자리만 바뀌었다. 이제 함께 보낼 시간이 얼마 남지 않았다는 생각에 힘든지도 모르고 모두와 사진을 찍었다. 마지막에 차를 타고 학생들과 인사를 하는데 뭉클했다. 정말 마지막 수업이 끝나고 이렇게 초대를 받았다면 엄청 울었을 것 같다는 생각을 했다. 이날은 아직 수업이 남아 있는 상황이었기에 울지는 않았다. 그런데 눈물이 글썽이는 것을 보니 마지막 수업 때 울 것이라는 복선이었던 것 같다.

아리엘의 집
앞마당에서

학생들이 준비해 온
정성 가득한 음식들

눈물바다가 된
마지막
수업

　활동의 후반기쯤 앙카추 대학교 내의 시위로 인해 대학교
내의 분위기는 조금 무섭기도 했다. 그래도 수업은 최대한
진행되어야 했고 심각할 정도로 불가피한 일이 아니면 우리
는 출근했다. 이날도 도로가 막힌 곳도 있었지만 우리는 돌
아서라도 학교에 갔다.

　마지막 수업은 상장 전달과 선물 수여식을 했다. 학생들
에게 각자 특성에 따라 상장 이름을 재미있게 지어서 칭찬을
모두 다르게 해주었다. 평범했던 종이가 특별한 상장이 되

었다. 학생들은 상장을 받으며 기뻐했다. 또한 상장 내의 모르는 한국어를 물어보기도 하며 역시 배움의 연장선이 되기도 했다. 그렇게 모두에게 선물과 상장을 준 후 우리는 밖으로 나가 마지막 인사를 했다. 헤어지기 전 학생들은 합창단처럼 한곳에 모이더니 우리에게 노래를 해주었다. 마다가스카르의 국민이라면 모를 리가 없는, 나 역시도 알고 있는 노래인 〈Namana(친구)〉라는 노래였다. 현지어로 모든 학생들의 목소리가 합쳐져 진심으로 우리에게 노래를 불러주는 모습을 보며 우리는 모두 눈물을 흘렸다. 눈물이 흐르다 넘쳐서 엉엉 울어버렸다. 학생들, 울고 우리 팀원들 그리고 나까지 모두 울었다. 노래만 안 불러줬어도 그냥 흐르는, 조절할 수 있는 눈물이었을 텐데 노래를 들으며 왈칵 터져버린 눈물은 멈출 줄 몰랐다. 다시는 못 만날 것 같다는 생각에 더 힘들었다. 서로 안아주며 서로가 서로에게 위로가 되는 포옹을 마무리하자 가까스로 점점 진정을 하였다. 마지막으로 정말 헤어지기 전, 우리의 출국 날짜와 시간을 확인하고는 멀어지는 학생들을 보며 힘들었던 앙카추 대학교 봉사활동이 행운처럼 다가온 순간이었다.

인생
첫
공항 마중

　학생들은 아리엘의 집에 놀러 갔을 때도, 마지막 수업 후 헤어질 때도 계속해서 출국 날짜와 시간을 물어봤었기에 어느 정도 마중 나올 것 같다는 예상을 했었다. 다른 팀의 팀원들까지 모두 모인 총 13명이 있는 자리에서 보는 우리 학생들의 느낌은 수업 시간에 마주했던 순간과는 달랐다. 이렇게 공항까지 마중 나와 준 팀은 우리뿐이었다. 물론 마다가스카르의 세 팀 중, 한 팀은 지방에서 활동을 했고, 다른 한 팀은 초등학생들 대상이었기에 공항 마중을 올 수 없는 상황이었다. 마중 나온 학생들을 보니 괜히 어깨가 으쓱해지는 기분이 들었다. 학생들을 학교가 아닌 곳에서 보니 더욱 반가웠다. 학생들은 우리가 보이자 반갑게 우리에게 다가왔고, 우리는 정말 마지막으로 사진을 찍었다. 학생들이 와준 것만으로도 고마운데 우리를 감동시키려고 제대로 작정한 듯싶었다. 우리 팀원 4명에게 스프링으로 엮은 편지와 사진집을 주었다. 이렇게 손에 남고 추억이 되는 정성 가득 담긴 선물을 받다니…. 정말 나는 팀과 학생들 모두 잘 만났다고 생각한다.

인생 첫 공항 마중을 마다가스카르 학생들이 해줘서 특별하고 감사하다. 마지막 순간까지 함께해 준 학생들에게 더 잘해주지 못한 미안함을 느꼈다. 그럼에도 불구하고 우리를 조건 없이 사랑해 주었기에 고마움을 느낀다. 선생님이라기보다 친구였고, 이방인이 아닌 그들 옆 한자리를 앉을 수 있게 해준 학생들이었다. 다시 볼 날을 기대하며 앙카추 대학교 봉사활동을 마무리한다.

공항 밖에서
끝까지 손을 흔드는 학생들

105

제5장

아이나피티아바나
(Ainafitiavana)
초등학교 :

우리가
봉사활동을 하는 이유

슈퍼스타
부럽지 않아!

　우리 팀의 주 파견 기관은 총 세 기관이었다. 꿈의 유치원, 앙카추 대학교 그리고 Ainafitiavana(아이나피티아바나) 초등학교이다. 상대적으로 두 기관에 비해 초등학교는 수업 횟수가 적었다. 첫 방문 때, 학교장 선생님은 뵈었으나, 아이들은 방학기간이라 보지 못하였다. 그렇게 방학기간이 끝난 후 활동을 하였는데 이미 다른 두 기관을 다니던 상태였기에 또 새롭게 만나게 될 아이들에 대한 기대와 설렘은 줄어든 상태였다. 그러나 정문을 지나 들어갔을 때, 아이들은 처음 보는 우리들을 격하게 반겨주었다. 나의 안일한 마음과 덜 기대한 마음을 미안하게 하려고 작정한 마냥 아이들은 슈퍼스타 못지않게, 아니 혹은 그보다 더 반겨주었다.

저 멀리 교실에서부터 팔을 벌리고 해맑은 얼굴로 우리들에게 달려왔다. 아이들은 숨을 고를 새도 없이 차에서 내리는 우리의 손을 잡아주었다. 교육할 물품들을 트렁크에서 내리는 분주한 손에 하나둘씩 손을 포개왔다. 내가 어떤 사람인지 알지도 못하면서, 나를 본 적도 없으면서 무엇을 믿고 그렇게 달려왔던 것일까. 내가 어떤 수업을 하는지, 어떤 말을 하는지 알기도 전에 무조건적인 관심과 마음을 보여주는 아이들이었다.

그렇게 뜨거운 관심과 환호 속에서 교실로 들어갔을 때, 아이들은 각자 자리에 앉아 힘찬 목소리로 인사를 했다. 내가 'Manao ahoana daholo ô(마나오나 다올로)'라고 '여러분, 안녕하세요.' 하고 말하면 누구 목소리가 큰지 대결을 하는 마냥 더 큰 목소리로 'Manao ahoana tompoko!(마나오나 뚬꾸)'라고 '안녕하세요!'로 대답을 해주던 아이들이다. 첫인사를 하고 준비한 미술, 음악 교육을 하며 아이들이 이해하기 쉽도록, 각자의 창의력을 발휘할 수 있도록 수업을 진행했다. 유치원 아이들을 보고 온 후라 초등학교에 다니는 아이들이 따라오는 속도가 빠르게 느껴져서 수업하는 나도 더 신이 났다. 이 아이들의 빠른 배움의 속도는 나를 즐겁게 만들어주었다. 이런 예체능 수업을 해보지 않은 아이들인데도 하나를 알려주면 열을 알았고, 예쁘게, 각자의 개성이 듬뿍 묻어 나오는 작품을 만들어주었다.

수업이 끝난 후에는 주로 '잘 가.'라는 내용의 동요를 부르곤 했다. 처음에는 음정과 가사를 모르기에 어떤 노래인지 듣고만 있었는데 시간이 지날수록 그 노래를 나도 함께 부르며 수업을 마무리했다. 미술시간이 끝난 후에는 아이들은 각자의 작품을 손에 쥐고 문밖으로 나갈 때마다 선생님인 우리들에게 악수를 청했다. 아이들의 작고 가벼운 손이었지만 악수를 할 때마다 내 마음의 무게는 책임감으로 차올랐다. 아이들은 마지막 수업 때까지 빠지지 않고 매번 달려와 인사를 했으며 끝날 때도 매번 노래를 부르고 악수를 했다. 일을 할 때, 타인으로부터 오는 압박과 의무감보다는 자발적으로 열심히 하고 싶게 만들어준, 에너지를 만들어 준 아이들에게 고마울 뿐이다.

각자 만든 작품을 쓰고 수업이 끝난 후
기념사진을 찍는 아이들과 나

마음만 앞섰던
벽화봉사

초등학교 방학기간 중 화장실 공사가 진행되고 있었는데, 공사는 마무리 되었고 벽화 작업만이 남아 있었다. 커다란 벽화를 4명이서 다 하기란 쉽지 않은 일인 줄 몰랐다. 우리는 선뜻 벽화작업을 하겠다고 했고, 현지 직원들의 도움과 함께 벽화작업을 시작했다. 페인트를 사고, 기존에 쓰던 붓과 재료들을 들고 갔다.

벽화 봉사를 하는 날은 유독 뜨거운 해가 떴다. 고심 끝에 기획한 도안을 들고 해를 등에 지고 그림을 그렸다. 나는 그림 실력이 부족하기에 주로 배경 채색을 했다. 단기 봉사 중 벽화 봉사를 할 때에는 다수의 인원이 있었기에 번갈아가며 벽화 작업을 했는데, 이번에는 인원이 4명이다 보니 따로 쉬는 시간 없이 진행되었다. 너무 덥고 어지러워서 결국 그늘에 가서 조금씩 쉬면서 작업했다. 끝날 기미가 보이지 않았다. 현지 직원들은 이미 몇 번 해봤는지 능숙하게 우리를 도와주셔서 힘든 와중에 너무나 감사했다.

우리는 몇 번 더 작업을 수행하였지만 결국 벽화를 끝까지 마무리까지 하진 못했다. 다른 활동 기관의 봉사가 이미 시작되어 기관을 방문하던 중이었고 벽화 봉사를 하면 체력적으로 힘이 부쳤다. 또한 완성이 멀다는 것을 느끼며 심적 부담도 있었다. 우리 팀은 결국 우리를 위해, 앞으로 지속될 활동을 위해 벽화 봉사는 중간에 멈추고 기존에 이 사업을 진행하던 NGO 단체에서 하는 것으로 마무리를 지었다. 기존에 KUCSS에서 예정된 사업이 아닌 현지 NGO 단체의 업무였으나 대학생 봉사단이 왔기에 벽화 봉사 제안이 들어온 것이었다. 우리는 이 벽화봉사 사건으로 인해 때로는 우리가 현실적으로 할 수 있는 일에 집중하는 것이 중요함을 깨달았다. 마음이 앞선다고 승낙을 먼저 하기보다 우리가 현실적으로 할 수 있는 일인지, 시간과 체력에 쫓기진 않는지 정확하게 우리 상태를 파악한 후 일을 해야 함을 느꼈다. 비록 벽화를 우리 손으로 끝까지 마무리하진 못하였지만 벽화의 기본인 배경 채색과 화장실 문을 알록달록 무지개 색으로 채색한 것으로 만족해야만 했다. 그러나 우리는 처음부터 포기하지 않은 태도와 다른 업무에 영향이 가지 않도록 중간에 포기할 수 있는 용기를 배웠다. 5개월 동안 활동하며 우리의 손길이 조금이나마 묻어 있는 화장실을 보며 나름 뿌듯해하며 출근을 했었다.

배경 색을 칠하기 전
뜨거운 해 아래에서 밑 작업을 한다.

구경하는
재미가
쏠쏠

초등학생들은 유치원 아이들에 비해 확실히 미술 수업에 있어서 따라오는 속도가 빠르고 이해도 역시 높았다. 그렇기에 수업할 때 아이들이 만드는 모습을 구경하는 재미가 쏠쏠했다. 같은 내용의 수업일지라도 유치원 아이들의 경우 나무 뼈대는 우리가 그려가고 아이들은 색종이를 찢어서 붙이는 작업만을 했다. 그러나 초등학생들은 나무 뼈대를 그리는 것부터 아이들이 직접 하도록 수업을 구성했다. 직접 그린 나무부터 아이들의 성향이 드러나는 것에 신기해하면서 아이들의 작품을 구경했다. 크고 높은 나무에서부터, 짧고 뚱뚱

한 나무, 끝이 둥근 나무 등등 아이들의 나무는 다양했다. 나무의 색 역시 갈색으로만 칠해지지 않고 무지개색 나무도 있고 짙은 보라색의 나무도 있었다. 내가 가진 상상력보다 더 큰 상상력을 발휘하는 모습에 즐거웠다.

다만, 아이들의 수에 비해 풀과 가위가 부족하여 2명이서 하나씩, 때로는 3명이서 하나씩 재료를 나눠썼다. 그렇기에 때로는 신경전이 일기도 하는 모습에 미안하기도 하고, 다른 걸 아껴서라도 문구류를 더 살 걸 하는 아쉬움도 있었다. 그래도 그 마음 자체는 자신의 것을 더 잘 만들고 싶고, 이 수업에 집중한다는 의미로 보였다. 아이들에게 나눠 쓰는 마음을 알려주고, 모두에게 기회가 있음을 알려주는 수업이 되었길 바란다.

미술시간에
아이들을 도와주는 모습

아이들의
꿈이
자라길

아이들과 기존에 하기로 했었던 미술시간 외에 예체능 수업을 추가적으로 진행하였다. 때로는 음악 수업이 되기도 하고, 때로는 꿈을 찾아가는 시간이기도 한 특별활동 같은 시간이었다. 주로 음악 시간을 활용하여 〈뽀뽀뽀〉, 〈올챙이와 개구리〉와 같은 동요를 번역하여 율동과 함께 음악 시간이지만 체육시간 같은 수업을 진행하였다. 우리는 이 시간을 아이들이 재미있고 기다려지는 시간으로 보냈으면 좋겠다는 생각으로 새로운 수업을 만들어가기 위해 조사를 꽤 많이 했다. 초등학생 아이들이 주로 무엇을 배우는지 알고 싶었기에 교대에 재학 중인 수도의 타 팀원과 한국에 있는 친동생에게 물어보았다. 덕분에 아이들에게 연령별로 알맞은 수준의 알찬 수업을 준비할 수 있었다.

음악 외의 특별활동으로는 직업을 소개하고 아이들이 나중에 어떤 직업이나 꿈을 갖고 싶은지 그려보는 시간을 가졌었다. 사실 수업을 준비하면서도 그 수업이 직업을 알려준다고 해서 아이들이 여건상, 형편상 도전할 생각조차 못 하는 환경의 아이들일 수도 있기에 망설여졌다. 그럼에도 불구하고 아이들이 꿈조차 갖지 못하는 것보다는 꿈을 품고 혹시라도 모를 기회에 준비되어 있는 사람이 되길 바랐다. 각자의 꿈을 색연필로 그리고 적은 뒤에 그 종이들을 풍등에 띄워 날리는 것으로 마무리를 할 수업이었다. 비록 우리가 사 온 풍등은 빈약해서 멀리 날지는 못했지만 두둥실 뜨기만 해도 소리를 지르며 좋아하는 아이들의 모습이 기억에 남는다. 아이들이 꿈을 풍등에 붙일 수 있는 기회, 작게나마 떠오를 수 있는 기회를 만나길 바란다. 계속해서 꿈을 그려나가고 있길 욕심 같은 희망을 품어본다.

두둥실 뜨는 풍등만큼
기대감에 부푼 아이들

학교에는 전기가 없기에
창을 통해 들어오는 빛으로 교실을 밝힌다.

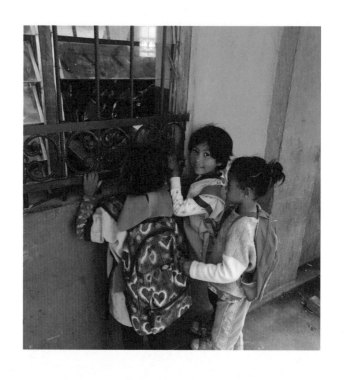

학년이 낮아 교실에 들어가지 못하고
밖에서 구경하는 아이들

구경만 하는 아이들이 안쓰러워서 급하게 교실 밖 수업을 만드니
좋아하며 열심히 그리고 참여하던 아이들

제6장

오지奧地
(깊을 오, 땅 지)
이동 진료 :

간호학과 오길
참 잘했다

깊은 땅으로
가는 길

　해외봉사를 지원하며 마다가스카르를 선택한 것은 우선 아프리카에서 봉사를 하고 싶은 마음도 컸지만 활동 기관 소개 내용을 보며 예체능 교육 및 한국어 교육이 주 활동 내용이었기 때문에 지원했다. 2주간 탄자니아에서 단기봉사활동을 했을 때는 보건 및 간호 특화 팀이었다. 대부분의 학생들이 간호학과 학생들이었다. 물론 보건 의료 교육을 진행하기에는 모두가 알고 있는 내용이었기에 준비하거나 활동하는 데 있어서 용이했고, 내가 배운 전공을 살릴 수 있음에 뜻 깊었다. 그러나 모두가 같은 학과였기에 다양성이 부족했고,

모두가 배운 내용이 같았기에 내가 아는 것을 너도 알고, 네가 아는 것을 나도 알았다. 아쉬웠다.

나는 중기 봉사단을 지원하며 보건 및 간호 특화 팀이 아닌 팀에 지원하여 다양한 학과가 모인 팀을 이루고 싶었다. 특히나 보건 특화 팀이 아닐 경우 간호학과 학생이 지원하지 않아 그 팀에서는 보건교육이 이루어지지 않을 가능성도 있다. 그렇기에 특화 팀이 아닌 팀에 지원해야겠다고 다짐했다. 우리가 파견될 국가들은 다른 분야에서도 발전하고 개선되어야 할 것들이 많은 나라들이지만 보건 분야에 있어서는 더욱 취약하다. 꼭 보건 교육 항목이 모집 안내서에 없어도 보건 교육이 필요한 나라들이라고 생각했다. 이러한 생각을 바탕으로 마다가스카르 팀에 지원했다. 내 예상대로 보건계열 학생이 지원하지 않았고, 마다가스카르 팀에서 보건계열 혹은 간호학과 학생은 나뿐이었다. 담당자 분께서는 잘되었다며 보건 교육이 필요한 나라이니 하고 싶은 교육 다 하고 오라고 말씀하셨다.

그렇게 나는 소중한 나의 전공을 갖고 마다가스카르에 도착했다. 그곳에는 아프리카 미래재단에서 근무하고 계신 이재훈 의사 선생님이 계셨다. 마다가스카르에서 10년 이상 (2020년 기준 15년) 의료봉사를 하고 계신 분이었다. 일부러 알고 지원한 것이 아니기에 더 큰 행운을 맞닥뜨린 것 같았다. 나의 막연하고 먼 꿈을 선생님께서는 실현하고 계셨고, 간접적으로나마 그 경험을 할 수 있게 된 것이다. 오지 이동 진료를 다니시며 오지에 있는 사람들에게 진료를 제공하고, 처방, 더 나아가 수술까지 하시며 의료 봉사를 하고 계셨다. 출발하기 전부터 두근두근 설레는 마음과 더불어 팀원들 없이 혼자 투입되어 참여해야 하고, 해보지 않은 일이기에 두려운 마음이 섞였다.

출발하는 날 새벽, 짐을 양어깨와 손에 무겁게 이고 덜컹거리는 지프차에 올라탔다. 익숙하지 않은 사람들과 함께 이틀간 꼬박 차를 타고 오지를 향해 달려갔다. 처음에는 새로운 풍경과 막히지 않은 자연에 신기했다. 그러나 신기함도 2시간이면 더 이상 새롭지 않았다. 정말 길고 긴 여정이었다. 아무리 새로운 이야기를 해도 이야깃거리는 바닥이 났고, 좁은 차 안에서 바짝 붙어 하루 12시간씩 달리는 것은 신종 인내심 테스트였다. 중간 중간 나오는 화장실은 절로 물을 마시고 싶지 않게 만들었다. 그래도 어찌하리. 신호가 오면 배출해야 남은 거리를 그나마 편하게 갈 수 있었다. 그래. 나는 여기 놀러 온 게 아니다. 의료 봉사를 경험해 볼 수 있다는 것만으로도 다른 열악한 환경들은 극복이 되었다. 이재훈 선생님 의료봉사 팀의 깍두기, 보조 출연이라도 될 수 있음에 감사했다.

그렇게 겨우겨우 오지에 도착하여 깨끗한 공기와 아무것도 없는 들판을 보았을 때, 실감이 났다. 여기가 오지구나. 바닥에 이불을 깔고 자며 누울 수 있는 빈 건물이 있음에 감사했고, 안전하게 도착했음에 안도했다. 밤하늘을 바라보니 별이 촘촘하다 못 해 빈 공간보다 별로 수놓은 공간이 더 많은 것을 보며 이 자연을 볼 수 있음에 행복했다. 그렇게 도착만 해도 벅차오르는 가슴을 진정시키며 오지 이동 진료의 첫날밤을 맞이했다.

수술도구, 의약품, 의료기기 등을
패킹한 모습

본격적인 오지로 들어가기 전
시장에서 음식 구매

이동식 병원 가능해?

가능해!!

아파카!! Afaka!!

길도 없는 오지에 도착했으니 병원이 있을 리가 만무하다. 시장도 우물도 없는 이곳에 병원을 만든다고? 가능했다. 눈으로 직접 확인하니 정말 대단했다. 빈 건물에서 모두가 바쁘게 움직였다. 나무 선반에 가져온 약들을 종류에 따라 진열하고, 수술 도구와 장비를 세팅하여 간이 수술실이 만들어졌다. 전기가 없으니 발전기를 돌리고, 의료 기구 소독기가 없으니 수술도구를 끓여서 소독을 했다. 이틀 만에 만들어졌지만 병원은 병원이었다.

병원이 아직 다 완성되지도 않았는데 건물 밖의 천막 아래에는 수십 명의 사람들이 기다리고 있었다. 그중에는 4일을 걸어서 여기까지 온 사람부터 집안의 아픈 환자를 수레에 싣고 밤낮없이 3일을 걸어온 사람도 있었다. 정말 많은 사람들이 이동 진료를 기다리고 있었던 것이다.

이번 활동에는 두바이에 있는 병원(서울대학교병원 협력병원)에서 근무하고 계신 의료 봉사에 뜻이 맞는 5분의 선생님들이 오셨다. 종종 마다가스카르 오지 이동 진료에 오신다고 하셨다. 운이 좋게도, 내가 참여한 Analavelona(아날라벨루나) 지역 이동진료에 오셔서 정말 큰 기회였다. 한국인이라는 것만으로도 의지가 되었는데 서울대학교병원 간호사 선생님께서 좋은 말씀도 많이 해주시고, 앞으로의 진로에 대해서도 조언을 해주셨다. 밤에 선생님과 함께 수많은 별을 보았다. 그 덕에 혼자였다면 사무치게 외로웠을 밤을 아직도 따뜻하게 기억하고 있다. 선생님께서 안 계셨다면 80만큼이었을 나의 경험치가 간호사 선생님의 지도와 조언 아래 120만큼 늘어날 수 있었다.

빈 건물에 가져온
의약품 세팅하는 과정

진료 대기 중인 환자 및 보호자들,
아직 진료 날짜가 되지 않았는데 이렇게 많은 사람들이 모였다.

발전기가
멈추면
헤드라이트로

내가 오지 이동 진료 활동에서 한 일은 약품 정리 및 약국 업무 보조, 검사 보조, 활력징후 측정, 수술 도구 세척, 환자 안내 및 지지 등 많은 일을 했다. 그중 가장 기억에 남고 벅차올랐던 순간은 역시 간호 업무 보조이다. 이번 오지 이동 진료에서는 종양 제거 수술, 탈장 수술이 많았다. 다른 업무를 하던 중 수술실에서 수술이 시작되었으니 수술실로 가보라는 현지 간호사 선생님의 말씀에 수술실로 들어갔다. 탈장 수술이 마무리되고 있었다. 아무것도 없었던 이곳에서 수술이 이루어진다는 것이 신기했다.

두 번째 수술이 시작되자 이재훈 의사선생님께서 나도 수술 장갑을 착용하라고 말씀하셨다. 나는 3학년을 마치고 이곳에 왔기에 4학년 실습인 수술실 실습은 아직 하지 않은 상태였다. 두려웠으나 배울 수 있는 기회이기에 곧바로 장갑을 착용했다. 긴장한 나머지 무균적으로 수술 장갑을 착용하지 못하고 다시 새 장갑을 뜯어야 했다. 옆에 계신 간호사 선생님께서 긴장하지 말고 천천히 해도 괜찮다고 하셨다. 수술방 안에 계신 의료진 선생님들께서 수술 테이블 쪽으로 좀 더 와도 된다고 하셨고, 내가 직접 수술 도구를 건넬 수 있게 해주셨다. 정말 큰 기회였다. 간호사 선생님께서 수술 도구에 대해 하나하나 설명해주시고 용도와 건네는 방법에 대해 교육해주셨다. 정말 말로 표현할 수 없을 만큼 너무나 감사했고 이 커다란 기회에 벅차올랐다. 나는 수술장 안에서 멸균구역 밖에서 보조만 해도 큰 경험이고 뿌듯했을 텐데 이렇게 직접 참여하게 해주셔서, 조금 느려도 괜찮다고 해주셔서 감사했다. 직접 바늘을 수술도구에 끼워보며 수술실 간호사에 대해 한 번 더 생각해보게 되었다. 선생님의 가르침 하나하나가 크게 다가왔다. '수술실에서 놀고 있는 손은 없다'고 말씀하신 것이 유독 기억에 남는다.

간호학과에 진학한 것이 취업이 잘되어서, 돈을 벌 수 있어서가 아닌 사람을 살릴 수 있어서 오길 잘했다고 생각한 순간이었다. 사람 살릴 수 있는 일에 일조할 수 있어서 다행이고 감사했다. 이날 밤, 뿌듯하고 벅차오르는 마음에 잠을 잘 이루지 못했었다. 간호학과이기에 수술 과정을 봐도 놀라지 않을 수 있는 마음만을 길렀을 뿐 아직 학생이다. 단지 일반인보다 간호에 대해 조금 더 아는 사람이라고 생각했었다. 그러나 오지 이동 진료를 통해 일반인보다는 그래도 좀 더 경험한 사람이 된 것 같았다. 수술이 끝난 이후에도 간호업무가 있을 때, 간호사 선생님께서는 나를 불러서 간호활동을 보여주시고 직접 해볼 수 있는 기회를 주셨다. 기회를 주시고 미숙해도 기다려주시는 선생님을 보며 나도 선생님과 같은 간호사가 되고 싶다는 생각을 했다.

수술은 오전부터 저녁까지 이어졌다. 저녁이 되면 주변이 아주 깜깜해지기에 발전기를 통해 전기를 생산하여 빛을 비춘다. 그러나 발전기는 갑작스럽게 꺼지기 마련이었다. 그럼에도 불구하고 수술은 계속되었다. 어떤 환자를 수술할 때는 수술 시작할 때부터 전기가 나가서 수술 내내 전기가 들어오지 않았다. 그러나 수술은 계속되었고, 헤드라이트와 핸드폰 불빛, 손전등을 비추며 수술은 멈추지 않았다. 정말 열악한 환경 속에서 끝까지 포기하지 않는 모습을 보며 닮고 싶다는 생각을 했다. 내가 이 순간에 함께 있음에 벅차올랐다. 멀게만 느껴졌던 나의 꿈이 실현되는 것 같아 행복했다. 비록 첫 발자국일 뿐이지만 발을 떼었음에 뿌듯했다.

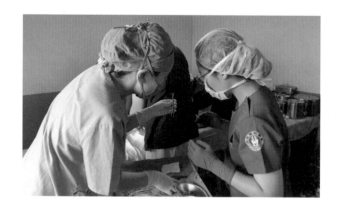

수술 도구에 대해 알려주시는 모습.
하나하나 알려주셔서 엄청난 기회였고, 많은 것을 배울 수 있었다.

부족한 불빛 속에서도
수술을 계속하시는 모습

함께
바라보는
별

오지 이동 진료에 참여하며 막연하게 꿈꾸었던 의료봉사라는 꿈이 부분적으로 실현되었다. 남을 도우며 나의 손길이 필요한 곳에서 일하고 싶다는 꿈이 있었고 현재도 간직하고 있다. 국제개발협력에 관심이 많아 국제개발협력의 사업을 주관하며 NGO 단체에서 일을 하고 싶다는 생각을 했었다. 그래서 휴학을 하고, 해외봉사를 통해 첫 발을 내디뎠다. 그런데 이번 활동을 통해 나는 내 전공을 살려 간호사로서 해외봉사를 하고 싶다는 생각을 했다. ODA 사업을 주관하는 것도 꼭 필요한 일이지만 나는 간호를 제공하는 사람이 되고 싶다는 것을 느꼈다. 의료를 제공하며 나의 손길이 간절한 곳에서 나의 전공을 살려 남을 돕고 싶다. 간호학과에 온 뒤로 의료진으로서 간호를 제공할 수 있음에 전공 선택을 참 잘했다고 생각했다. 막연했던 생각이 오지 이동 진료에서의 경험과 생각, 선생님들의 조언, 그리고 나에 대한 집중을 통해 정리되었다.

단체사진을 찍는 날에는 학교 실습복을 입고 갔다.
소중히 한국에서부터 가져왔었다.

꿀맛 같던 요거트! 배탈이 나진 않을까 걱정되었지만
다행히 아무런 일도 없었다.

저녁이 되어도 끝나지 않는 업무에
지친 모습

전기가 없어도
계속되는 병원

오지의 해 질 녘,
사진 기술은 없지만 자연이 주는 기운은 느껴진다.

제7장

간호학·의학
도서관
설립 :

상상,
현실이 되다

한마디가
불러온
도전 의식

　중기 봉사단으로 파견되면 현장 프로젝트를 진행할 수 있다. 정확히는 현장 프로젝트 계획서를 제출하면 본부에서 심사를 하고 선발이 되면 할 수 있다. 프로젝트 예산을 활동비와는 별개로 지원받아 파견된 국가에 지원하고 싶은 사업을 진행하는 것이다. 파견 전 국내 교육을 받으며 이전 선행 사례를 보았다. 파견기관을 리모델링하거나 우물을 파는 등 기존의 활동비보다 훨씬 큰 예산이 들어가는 활동이다. 파견되기 전에는 무엇이든 할 수 있을 것 같은 마음이었고, 이 또한 특별한 경험이기에 현장 프로젝트를 무조건 진행해보고 싶었다. 그러나 파견 후 3개의 기관을 매일 출근하며 활동 예산 집행부터 교구 준비, 수업 준비 등으로 인해 시간과 체력이 부족했다. 그렇게 우리 팀은 아쉽지만 현장 프로젝트는 지원하지 않기로 했었다.

그런데 오지 이동 진료를 갔는데 같이 갔던 의과대학생 뚜주의 말을 듣고, 우리는 마음을 바꿨다. 오지 이동 진료에 갈 때 간호학과 전공 책도 아닌 일반 의학용어 책을 가져갔다. 의학용어가 정리된 책으로 용어에 따라 사진 혹은 그림과 설명이 있는 책이었다. 뚜주는 그 책을 보더니 자신이 봐도 괜찮겠냐며 책이 너무 좋다며 감탄을 했다. 용어는 영어가 함께 쓰여 있어도 설명은 한국어였기에 나는 보기에 괜찮은지 물었는데 뚜주는 너무 좋다며 영어도 적혀 있고 그림도 너무 잘 되어 있다며 이동진료 기간 내내 나에게 책을 빌려갔다. 그래서 나는 그에게 '너도 이런 책 있지 않아?'라고 물었는데 뚜주의 대답은 '우리는 수업 시간에 교수님이 말씀하시면 그 말을 듣고 상상을 해. 책이 없거든.'이라고 말했다. 나는 그 말에 큰 충격을 받았다. 나는 그림과 사진을 봐도 이해가 되지 않을 때가 있는데 뚜주는 그림도 사진도 없이 상상으로 공부를 한다. 이 충격적인 말을 팀원들에게도 전했고, 우리는 지쳐있는 와중에 다시 힘을 내서 간호학·의학 도서관을 설립하기로 결정했다.

 사실 현장 프로젝트를 지원하지 않기로 결정했었지만 마음 한쪽은 불편했다. 현장 프로젝트는 이 나라 사람들에게 도움을 줄 수 있는 기회이자 나의 경험에 있어서도 기회였다. 어느 누가 학생인 우리를 믿고 예산을 지원해 줄 것인가. 기회를 놓치는 것에 대한 불편함이 있었는데 뚜주의 말로 인해 우리는 서로에게 조심스러워 말하지 못했던 현장 프로젝트 도전에 대한 말문을 텄다. 그렇게 우리는 고생길이자 후회하지 않을 길로 걸어가기로 결정했다.

회계인 나는 예산 및 정산 관리가 복잡해지는
현장프로젝트의 길을 가기로 결정했다.

서로가 있기에
가능했던
현장 프로젝트

　힘들지만 후회하지 않는 길을 걷기로 늦게 결정한 만큼 급하게 책을 구하기 위해 여러 기관에 메일을 보내고 조언을 구했다. 현지의 이재훈, 박재연 선생님께서 많이 도와주셨다. 프로젝트를 하는 주체는 우리였기에 활동 시간 외의 시간(슬프게도 주말)을 현장 프로젝트 준비하는 것으로 보냈다. 대학교에 찾아가서 계약서를 작성해야 하는데 총장님께서 약속시간을 자꾸 어기셨다. 허탕을 치는 일이 반복되자 우리는 체력적으로 지쳐가던 와중에 마음도 지쳐갔다. 혹은 복사기를 구매하거나 도서관에 놓을 컴퓨터를 사러 갔을 때,

30분만 기다리라던 직원은 2시간이 되도록 나타나지 않았다. 일을 바쁘게 하는 것보다 마냥 기다릴 때가 더 지치기도 하지 않는가. 없는 시간을 쪼개서 현장 프로젝트를 하던 우리는 자발적으로 프로젝트를 하는 것으로 결정했음에도 자꾸만 힘들다는 마음에 잠식되어 갔다.

그럼에도 불구하고 우리 팀원들은 서로가 잘 만난 덕인지 한 사람이 힘들면 다른 세 명이 조금 더 일을 했다. 힘들었던 사람이 다시 회복되면 다른 사람에게 힘을 주는 사람이 되기도 하며 열정을 끌어올렸다. 책을 구하는 것부터 도서관 장소 계약, 학교와의 계약, 철장 및 컴퓨터와 같은 물품 구입을 하나씩 해나갔다. 거래 단위가 컸기에 부담스러웠던 회계 업무도 점차 익숙해졌고, 예산을 받고 집행하고, 점점 하나씩 이루어져 가는 모습에 보상을 느껴 뿌듯함으로 이어졌다. 일상적인 생활에 있어서도 우리가 팀인 것에 대해 감사하고 서로에게 의지를 하였지만, 특히 현장 프로젝트는 팀이었기에 도전할 수 있었고, 끝까지 포기하지 않을 수 있었다. 우리는 끝나지 않을 것 같던 프로젝트를 함께 완성했다.

전자상가의 컴퓨터 매장에서
직원을 기다리며 회의하는 모습

우리가 만들어 낸,
만들어 낼 기적

　결국, 우리는 해냈다. 아등바등 몸부림치며 끝까지 손을
놓지 않던 우리는 결국 해냈다. 몇 개월 동안의 고생으로 마
다가스카르 학생들이 좀 더 나은 교육을 받고 의학 및 간호
학을 발전시킬 수 있다면 더 바랄 것이 없다. 우리의 고생과
노력만큼의 영향력을 넘어서서 욕심일지라도 우리가 한 것
에 비해 훨씬 큰 영향력이 있길 바란다. 한 권의 책이 수백,
아니 수만 명을 살리길 바란다.

대학교 총장님과의 계약.
드디어! 도장을 찍은 날이다.

도서관 외부
현판식

제8장

봉사 '만'
할 수는 없지! :

봉사시간 외
우리들의
일상

여왕궁 :
수도 내의 유일한
관광지

마다가스카르를 생각하면 가장 먼저 떠오르는 관광지는 바오밥 나무 군락지일 것이다. 생텍쥐페리의 『어린 왕자』에 나오는 B612 행성의 하나뿐인 나무, 바오밥 나무가 떠오른다. 지구에서 바오밥 나무는 마다가스카르가 아닌 다른 나라에도 있지만 우리가 생각하는 『어린 왕자』속의 바오밥 나무가 가장 많은 나라는 단연코 마다가스카르이다.

하지만 우리가 활동하는 수도에는 바오밥 나무가 없다. 수도는 언덕의 도시이다. 안타나나리보는 1,000개의 언덕이 있는 도시라고 불리는데 실제로 정말 많은 언덕이 모인 지형을 볼 수 있다. 그렇기에 숙소에서 활동 기관까지 갈 때 언덕을 오르내리느라 장시간의 이동시간이 있었다. 그러한 수도에서 유일한 관광지는 여왕궁이다. 프랑스 식민지 이전 메리나 왕국 시절에 여왕이 살던 궁으로 수많은 언덕 중 가장 높은 언덕 위에 여왕궁이 있다. 그렇기에 여왕궁은 수도의 어느 곳에서도 가장 잘 보이는 위치에 우뚝 서 있었다. 여왕궁은 현재 외관만 남은 채로 내부는 모두 불에 타 비어 있는 상태이다.

열심히 달려온 덕분에 우리는 봉사를 통해 기쁨과 뿌듯함도 느꼈지만 동시에 점점 지쳐가기도 했다. 열악한 환경과 새로운 사람들, 그리고 더 잘해보고 싶은 마음에 활동 시간 외에 투자하는 셀 수 없는 시간들이 있었다. 한국이 그리워지려고 하는 시점에 우리는 수도의 관광지에 가보자는 의견이 나왔다. 우리는 주말에 오랜만에 봉사단원 티와 조끼가 아닌 각자 한국에서 가져온 나름 괜찮은 옷을 입었다. 화장하기 전, 다시 한번 생각했다. 그냥 집에서 쉴지, 밖으로 나가서 구경하고 올지 고민했다. 팀원의 같이 가자는 말과, 리

프레시를 하고 싶다는 마음에 화장을 하고 나가는 것으로 결정했다.

집에서 쉬는 게 나을 수도 있을 것이라고 생각했는데 막상 나오니 너무 기분이 좋았다. 차를 타면서도 지금 이 순간이 업무와 관련된 일이 아닌 놀러 나간다는 마음이었기에 같은 차에 타면서도 평일과 다른 기분이었다. 날씨도 화창해서인지 원래는 낮고 가깝게 느껴졌던 마다가스카르의 하늘이 한국의 가을 하늘처럼 멀게 느껴졌다. 여왕궁에 도착하여 차에서 내려 팀원들과 여왕궁을 구경했다. 여왕궁은 훼손되긴 했지만 뼈대는 남아 있었기에 사진을 찍고 둘러보며 하루 동안 여행 온 기분을 만끽했다. 여왕궁은 앞서 말했듯이 가장 높은 언덕에 있었기에 수도 전체를 다 내려다볼 수 있었다. 멀리 보이는 호수와 촘촘하게 있는 집들, 푸른 하늘이 조화롭게 어우러졌다. 이후 좋은 식당에 가서 맛있는 음식도 먹고 작은 사진전을 하기에 표를 끊고 구경도 했다. 나오기 전에는 귀찮고 쉬고 싶은 마음이었는데 나오지 않았다면 이 값진 경험을 하지 못했을 것이라는 생각에 아찔하다. 남은 기간 동안 다시 힘차게 달려 나갈 에너지를 얻은 하루였다.

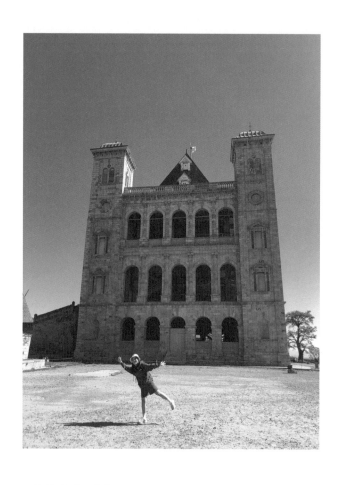

구름 한 점 없는 날씨,
날씨마저 우리에게 힘을 주려고 작정한 마냥 보였다.

배낭 여행자처럼 나온 것 같아 마음에 드는 사진이다.
봉사단원 티와 조끼는 입지 않았지만 가방은 여전히 봉사단원 가방이다.
나름 잘 어울린다고 생각한다.

암부히망가(Ambohimanga) :
지친 우리에게
근교 여행

우리는 월요일부터 금요일까지 주 5일 봉사활동을 했고 주
말에는 필요한 물품을 구매하거나 교육 자료 개발로 시간을
보냈다. 그러던 중 평일에 시장 선거일이기에 휴일이 생겼
다. 그날 PL(Project Leader)님께서 소풍을 가자고 하셨다.
우리 PL님께서는 우리가 마다가스카르에 온 이상 다시 오기
힘든 먼 곳으로 왔으니 최대한 많은 것을 보고 느끼고 경험
하길 바라셨다. 사실 PL님께서는 이렇게 하루 쉬는 날에 휴
식을 취하는 일이 더 편하셨을 것이다. 그런데 우리를 위해
PL님께서는 수도 옆에 있는 '암부히망가(Ambohimanga)'라

는 곳으로 함께 소풍을 가자고 해주신 것이다. 그 당시에도 너무나 감사했지만 지금 생각해보니 더욱더 감사하다.

사실 이날도 약간은 귀찮은 마음도 있었는데 역시나, 너무나 즐겁고 행복했던 하루였다. 수도와 달리 가는 길에 매연도 없고 교통체증이 없어서 좋았다. 관광지 자체로 만족을 주기보다는 초록색 잔디와 옛날 계단에서 단체사진을 찍으니 소풍을 온 기분에 마음이 들떴다. 특히 이날은 현지 시장에서 산 옷과 신발로 꾸미고 간 덕에 사진이 더 예쁘게, 배경과 조화롭게 나와서 기분이 좋았다.

어떻게 매일, 쉬지 않고 5개월 동안 봉사만 할 수 있으랴. 이렇게 쉬는 날도, 놀러 가는 날도 있기에 5개월의 경험이 더욱 풍성해진다.

내가 가장 좋아하는 영화,
<모아나>의 모아나 같은 분위기가 나와서 아주 마음에 들었던 사진

해외에서
보내는
첫 크리스마스

한국은 크리스마스가 공휴일이고, 12월 25일이 다가올수록 거리도 크리스마스 분위기가 난다. 마다가스카르 역시 마찬가지다. 크리스마스 포함 약 2주 정도 방학이 생겨 출근하지 않는 기간이 생겼다. 형편이 어려운 사람들도 크리스마스 당일만큼은 맛있는 음식을 먹는 날이다. 나는 대형 마트에서 크리스마스까지 12월 1일부터 하나씩 초콜릿이 나오는 달력을 사기도 하고, 아이들을 가르칠 때 크리스마스카드 만들기와 같은 수업을 하며 눈과 추위가 없는 크리스마스를 최대한 느껴보려 했다. 그렇게 따뜻한 크리스마스를 보내며 2주간의 방학 중 PL님의 제안에 따라 12월 24, 25일을 우리의 활동 숙소가 아닌 다른 곳, 수도가 아닌 근교에서 크리스마스를 보냈다.

산속이라 그런지, 혹은 비가 와서인지 그날따라 쌀쌀했다. 기분 좋은 오묘하고도 서늘한 느낌이 드는 곳이었다. 1층에는 벽난로가 있어서 영화 속 주인공이 된 것 같았고 분위기가 더 좋게 느껴졌다. 방마다 짐을 놓고 점심을 먹은 후 그 숙소에서 운영 중인 프로그램에 참여했다. 말도 타고 호수에서 발을 굴러 나아가는 보트도 탔다. 그 보트는 2인용으로 위에 천장이 없이 발만 구르는, 조금만 세게 움직여도 뒤집어질 것 같은 보트였다. 비가 오는 스산한 날씨가 무섭기도 전에 발을 계속 구르느라 노동의 현장이었다. 그 와중에 쓸데없이 풍부한 나의 상상력이 발휘되어 비를 맞으며 호수를 가로지르는 우리의 모습이 밀림을 촬영하는 PD 같아서 괜히 더 신나고 재밌었다. 같이 탄 친구와 서로 '가위바위보'를 한 후 진 사람만 발 구르기를 했는데 정말 연속으로 다섯 번 내가 이겼다. 그 상황이 웃기고 이 소설 같은 연속적인 우연에 연신 '대박이다!'를 외치며 특별한 순간을 만들어나갔다.

숙소에 돌아온 후 쉬고, 저녁도 먹고 1층 오락실 같은 곳에서 게임도 했다. 태어나서 처음으로 체스도 해보고 길거리에서 사람들이 하는 것을 봤던 축구 게임도 했다. 크리스마스이브 저녁, 맛있고 풍요로운 저녁식사를 마치고 수다를 떨다 잠에 들었다.

크리스마스 당일 아침, 각 방마다 문고리에 산타 모양의 종이 주머니가 걸려 있었다. 어릴 적 선물을 받던 그 순간으로 돌아간 기분이었다. 9살의 크리스마스 날, 트리 아래에 놓여 있는 선물을 발견했을 때의 설레는 마음을 마다가스카르에서도 느낄 수 있었다. 수도의 다른 팀의 팀원 언니의 배려와 센스 덕분에 우리 모두는 다른 날보다 더 행복한 아침을 맞이했다.

아침식사 후, 단체로 보트를 타고 근처의 호수 위의 섬으로 가서 여우원숭이를 봤다. 가이드의 안내와 설명 하에 그를 따라다니며 다양한 종의 여우원숭이를 봤다. 먹이를 들고 있으면 어느새 나의 어깨에 올라와서 나를 깜짝 놀라게 했다. 멀리서 보면 귀엽고 가까이 오면 무서웠지만 언제 이런 경험을 해보나 싶어서 조금은 무서웠지만 이 순간을 즐겼다. 나는 예쁘고 조용한 사진도 좋지만 익살스럽고 생동감 있는 사진들을 더 좋아하는데 여우원숭이와 함께 찍힌 사진들은 모두 내가 좋아하는 느낌으로 사진이 찍혔다. 작고 귀여운 카멜레온도 구경했다. 섬을 둘러보며 어제와 오늘만큼은 봉사자의 마음보다는 타국에 경험하러 온 대학생의 마음이었다.

다시 나의 집, 숙소로 돌아와 팀원들과 저녁식사를 함께했다. 크리스마스라는 명목으로 오랜만에 친구들과도 연락하며 각자의 자리에서 나아가길, 행복하길 응원했다. 처음으로 외국에서 맞는 크리스마스가 특별해서, 잊지 못할 경험으로 가득 차서 24살의 크리스마스는 즐겁고 소중한 크리스마스로 기억될 것이다.

숙소 1층의
따스한 벽난로

밀림 다큐 PD 같아서 즐겁고,
놀러온 중년 부부 역할놀이도 하며 서로의 사진을 찍어주던 순간들

어린 시절 추억을 떠올리게 했던,
날 설레게 했던 종이 양말

섬으로 가니 우리를 맞이해주던
여우원숭이들

갑자기 어깨 위로 올라와서
놀라고 무서웠지만 참는 모습

마다가스카르에서
부모님의 손길을
느끼다

우리가 활동하는 데 도움을 주신 많은 분들이 계신다. 그중 한국인이지만 마다가스카르에서 오랜 기간 거주하시며 현지의 발전에 많은 도움을 주신 분들을 이 책에 담아보려 한다. 앙카추 대학교의 코리아 코너 기관장님 부부, 꿈의 유치원을 관리하고 계신 기관장님 부부 그리고 아프리카 미래 재단의 이재훈 선생님 부부, 이렇게 많은 분들이 우리를 도와주시고 응원해주셨다.

코리아 코너 기관장님 부부께서는 우리가 교육 활동을 한 이후 대학교 옆에 있는 기관장님 댁으로 초대를 해주셨다. 초대를 받아 간 기관장님의 댁에서 우리는 한국의 정과 따스함을 느꼈다. 함께 보드게임을 하며 몰입했고, 몰입한 만큼 웃었다. 푹신한 소파에서 먹었던 요구르트와 얼린 과일, 카카오 닙스를 잊을 수 없다. 맛도 맛이지만 그 따스함이 전해져서 마음이 괜히 뭉클했다.

꿈의 유치원 기관장님 부부께서는 날을 잡고 초대를 해주셨다. 기관장님의 초대는 활동이 마무리되던 시점이었다. 댁의 발코니에서 고기를 구워주셨고, 우리는 아주 맛있게 먹었다. 연기 속에서 열심히 고기를 구워주시며 먹고 싶은 만큼 먹으라며, 부족하진 않은지 물어보시는 모습에서 한국의 정을 느꼈다. 가기 전에 한 사람 한 사람 선물을 준비해주신 모습에서 이제 한국에 간다고 좋아했던 내가 괜히 죄송스러워지고, 그만큼 더 감사했던 날이었다.

이재훈 선생님 부부께서도 우리에게 맛있는 것을 사주시기도 하고, 아플 때 찾아가면 약 처방을 해주시는 등 우리를 신경 써주신 많은 날들이 있었다. 그중 가장 기억에 남는 날은 역시 집으로 초대해주신 날이었다. 댁으로 가니 박재연 선생님(이재훈 선생님의 부인)께서 준비해주신 한식 냄새가 내 코를 자극하고 한국에 계신 엄마가 만들어주셨던 집밥 생각이 났다. 따뜻한 국과 호박전을 먹으며 정말 맛있게, 많이 먹었던 날이다.

이분들의 초대에서 모두 느꼈던 감정은 한마디로 말하자면 '부모님의 마음'이었다. 우리를 자식들 맞이하듯 따스하게 맞이해주셨고, 준비해주신 음식은 엄마의 음식을 떠올리게 했다. 그래서 준비해주신 음식도 너무 맛있고 소중했지만, 마치 '부모님의 마음'과 같았던 그 마음들이 더 크게 다가왔다. 이분들과 함께했음에 감사했고, 이런 분들을 만날 수 있음에 감사했다.

바오밥 나무 :
마다가스카르와
작별인사

여행객들이 아프리카 여행을 하며 섬나라인 마다가스카르에 오는 이유는 이것 하나를 보고 오는 경우가 많다. 바로 바오밥 나무를 보기 위해 오는 것이다. 그럼에도 불구하고 나는 봉사를 하러 왔기에 바오밥 나무를 보지 못하고 한국에 가도 괜찮다고 생각했었다. 물론 다시 오기 힘든 곳이기에, 너무나 멀기에 봉사를 하러 왔지만 바오밥 나무도 보고 싶었다. 그러나 합격 이후 단 한순간도 바오밥 나무를 꼭! 봐야겠다는 마음은 없었다. 나는 봉사를 하러 온 것인데 괜히 바오밥 나무 사진을 찍으면 나의 봉사를 하러 온 마음이

유혹으로 물드는 기분이었다. 그렇게 애써 바오밥 나무를 보고 싶다는 마음을 무시했었는데 우리 PL님의 애쓰심과 노력으로, 우리는 최종 평가회를 바오밥 나무가 있는 모론다바(Morondava)에서 하게 되었다. 인정하자. 나도, 사실은, 바오밥 나무 보고 싶었다!

바오밥 나무를 보기 위해 새벽부터 얼굴을 꾸미고 시장에서 산 화려한 무늬의 원피스를 입고 꽃단장을 했다. 바오밥 나무 군락지에 도착하니 해가 뜨고 있었고, 바오밥 나무들이 쭉 길게 하늘로 뿌리를 뻗고 있었다. 바오밥 나무는 뿌리가 하늘에 있는 것처럼 보여 나무를 거꾸로 땅에 박은 것 같다는 말이 있다. 내가 갔을 당시에는 나뭇잎들이 풍성하게 자라 있어서 뿌리 같은 모습은 아니었지만 나는 초록색의 잎들이 있는 모습이 더 마음에 들었다. 두근거리는 마음과 기대를 한껏 안았음에도 눈앞에 보이는 풍경은 너무나 아름답고 이국적이었다. 사실 이국적임을 넘어서서 지구가 아닌 다른 행성에 와있는 느낌도 받았다. 이는 책『어린 왕자』의 영향이 있을 것이라고 생각한다. 예쁜 순간들과 눈에 보이는 풍경을 눈에 담으며 동시에 오래 기억하기 위해 사진에도 담았다.

날씨도 좋아서 진한 초록색의 잎과 갈색의 나무 기둥, 파란 하늘의 조화가 정말 그림 같았다.

모론다바에 오기 전에 우리 팀원들은 다 함께 레게머리를 했다. 언제 또 이런 머리를 해볼까 싶었지만 시기를 찾지 못하고 있었는데 이렇게 바오밥 나무를 보기 전에 다 함께 레게머리를 했다. 사실 레게머리를 하면 머리를 감지 못하기에 머리가 가려워 당장이라도 머리를 풀고 싶었으나 바오밥 나무 볼 때까지만 참자며 서로를 응원했다. 그 결과, 우리는 팀원들과 찍은 단체사진도, 혼자 찍은 개인 사진도 레게머리를 한 아주 예쁜 사진을 남길 수 있었다.

숙소에 갔다가 다시 오후에 일몰을 보기 위해 바오밥 나무 군락지로 왔다. 일몰을 보기 위해 다시 온 것이다. 이번에는 아까와는 다른 옷을 입었다. 다시 새로 온 느낌으로 사진을 찍으며 팀원들과 함께했다. 마지막에 단체사진을 찍고, 팀마다 사진을 찍으며 일몰을 보는데 정말 마지막인 것 같아 뭉클했다. 이제 한국에 갈 날이 일주일도 남지 않은 시점에서 우리 팀원 네 명이서 서로 둥글게 어깨동무를 하며 칭찬과

다독임을 전했다. 서로에게 고맙다며, 안으며 수고했다고 말했다. 우리가 이렇게 만난 것이, 팀으로 구성된 것이 천운이라며 서로에게 마음을 전했다. 팀원들 모두가 같은 마음이라니 고마웠고 나 역시 잘 지내온 것 같아 다행이라고 생각했다. 처음이자 마지막일 것 같은 바오밥 나무를 보는 이 순간이 우리 '매일마다' 팀과 함께여서 너무나 좋았다.

활동을 마무리하는 시점에서 바오밥 나무까지 보니 정말 이제 '끝'이구나 싶었다. 내가 여기서 느꼈던 '끝'은 긴 매듭을 자르는 끝의 느낌이 아닌 선물상자의 매듭을 묶는 느낌이다. 선물상자 안에 내가 느꼈던 감정, 활동했던 경험, 눈으로 보고 느낀 많은 것들 그리고 사람들과의 관계와 주고받은 마음들을 고이 넣어 선물상자의 리본 매듭을 지은 것이다. 이 상자를 마음속 방에 두고 언제든지 다시 꺼내볼 수 있도록 좋은 곳에 넣어둘 것이다. 후회 없이 도전하고 열정을 기반으로 최선을 다했기에 이렇게 좋은 마무리를 할 수 있었다고 생각한다. 5개월 동안 수고했다, 나 자신! 마다가스카르에서 봉사활동을 했기에 여행으로 온 것보다 더 특별했을 바오밥 나무야. 이제 진짜 안녕! Veloma!(벨루마!)

소중한 '매일마다' 팀.
몇 걸음 걸을 때마다 "매일마다 사진 찍게 모여~!"를 외치던 우리

옷이 배경과 잘 어울려서
마음에 드는 사진

오후에는 구름이 조금씩 있었는데
그마저도 잘 어울리고 멋진 풍경이 되는 곳

마다가스카르는 하늘이 참 예쁘다.
모론다바의 일몰은 눈 깜빡하면 색이 바뀌어 있었다.
그 중 가장 색감이 예뻤던 순간

제9장

5개월간의
여정을
마무리하다 :

귀국 후
나의 일상

매일,
마다가스카르

마다가스카르를 다녀온 후 문득문득 생각나는 아이들과 그때의 추억에 마음이 몽글몽글해지고는 했다. 그러나 한국에 돌아오니 나는 복학한 4학년이었고, 취업 준비를 시작했다. 그렇게 마다가스카르의 추억들이 머릿속 한구석으로 밀려났다. 코로나로 인해 국내 각 지역에 흩어진 팀원들을 만나기는 어려웠고, 각자의 생활이 있기에 우리는 멈춰 있었던 마다가스카르 이전의 일상을 이어서 살아갔다.

그렇게 복학 후 한 학기가 지나고, 나는 다행히 취업에 성공했다. 이후 앞으로 나아가야 할 이정표에 빈 공간이 나타났다. 나는 하나의 직선과 여러 갈래가 있는 길을 걷던 중 다른 길로 나아가기 전 운동장을 만난 셈이다. 입사하기 전까지 1년 이상의 시간이 남아 있는데, 그 운동장에서 내가 하고 싶은 것을 다 해보고 다시 입사라는 길로 가면 될 것이다. 그 운동장에서는 입사 후 못할 것 같은 일, 하고 싶었는데 우선순위에 밀려 하지 못한 일 그리고 하고 싶지만 너무 멀게 느껴져 시도하지 못한 일을 할 수 있는 기회였다. 막연히 나는 글을 쓰고 내 이야기를 풀어 책으로 쓰고 싶다는 생각을 종종 했었다. 나라는 사람은 원체 상상력이 풍부해서 상황이 주어지면 재미있는 일로 상상을 해서 그 상황을 더 기분 좋게 만들어 극복하는 사람이다. 그렇기에 같은 경험을 해도 더 크게 받아들이고 다양한 생각이 머릿속에 있었다. 나만 알기에는 아까운 이야기들을 풀어내고 싶었다.

그렇게 나만 알기엔 아까운 이야기들 중 가장 힘들었지만 가장 빛나는 마다가스카르 이야기를 책으로 쓰고 싶어졌다. 이 책을 쓰며 내가 경험했던 모든 것을 보여줄 수는 없지만 내가 경험했던 활동과 감정들을 말할 수 있어서 참 좋았다.

누군가는 나의 특별한 경험을 알아주길 바란 마음일지도 모르고, 혹은 이 책을 읽고 난 뒤 '나도 언젠가는 해외봉사를 갈 거야.'라고 결심하길 바라는 마음일지도 모른다. 어떠한 마음이었던지 매일 마다가스카르를 살아왔던 나의 경험을 통해 읽는 동안만큼은 매일 마다가스카르를 생각했었길 바란다.

전하지 못할 편지,
티아쿠 이아나오
Tiako ianao
(너를 사랑해)

아이들아, 그리고 우리 학생들아. 너희들을 생각하면 아직
도 마음이 뭉클해. 나는 분명 5개월을 너희들을 위해, 그리고
후회하지 않을 나 자신을 위해 온 마음을 주었는데도 한국에
오니 부족한 점들과 더 해주고 싶은 마음이 문득 솟아나. 활
동을 하며 매 순간 최선을 다했지만 때로는 지쳐 있는 나를
보기도 했을 텐데 그럼에도 항상 같은 마음으로 나를 대해준
너희들 덕분에 내가 더 큰마음을 받은 기분이야. 처음 본 날
은 서로가 수줍어했고, 만남이 지속될수록 너와 나의 마음이
열리는 것이 보이며 뿌듯하기도, 벅차오르는 행복감을 느끼

기도 했어. 나의 마다가스카르 봉사활동을 너희들로 채울 수 있게 해줘서 정말 고마워. 서로의 일상에 밀려, 혹은 어린 시절의 기억이기에 다른 추억들에 밀려 내가 희미해지더라도 그 시절 행복한 기억을 바탕으로 새로운 삶을 살아가길 바라. 우리가 다시 만나 포옹하는 날이 오길 바라며.

사진을 통해 바라보는 우리의 일상

현지인 친구들과 점심 식사를 위해
약속된 장소로 가는 길

우리의 차량 이동을 도맡아 하며
활동을 도와준 현지 직원 윌리

우리의 운전기사님이자
우리 편인 현지 직원 뚜봉

우리 팀은 숙소에서 기관까지의
이동시간이 매우 길어서 이렇게 차 안에서 잠을 청한 날이 많았다.

항상 길이 막히고, 이동 시간은 늘어나서 지치지만
이렇게 문득 창밖이 매력적으로 보일 때가 있다.

208

수도의 도로 옆에는 이렇게 빨래를 말려놓는 모습을 많이 볼 수 있다.
처음에는 신기했지만 점점 익숙해져가는 나 자신이 재밌었다.

크리스마스 무렵 시장에는
이렇게 목숨 걸고 타야 할 것 같은
놀이 기구들이 들어섰다.

이동하는 차량 안에서 핸드폰으로 직접 찍은 사진.
마다가스카르의 풍경 사진 중 가장 마음에 드는 사진이다.
비가 온 뒤 웅덩이가 생겨 하늘을 비춘 모습이
마치 사진작가가 의도한 것 같다.

도시의 높은 언덕으로 올라가면
보이는 풍경

우리의 팀장님 음식 솜씨가 좋아서
힘들 때마다 다시 힘을 얻을 수 있었다.
도 셰프가 만든 한식 최고!!

우리를 마다가스카르로 불러주신
대사님의 초대

봉사 활동을 할 때에는 선생님이지만, 우리는 아직 대학생일 뿐이다.
물론 대학생들 중에는 사진처럼 놀지 않는 대학생이 더 많겠지만.

215

주말에는 종종 시장에 가서 기념품을 사 오기도 했다.
나는 기념품을 정말 좋아하는데 이런 시장은 구경만 해도 기분이 들뜬다.
현지어로 흥정하고, 가격을 말하고 대화하는 내가 신기했는지
상인들은 나보고 "너 말 정말 잘한다!"라고 말하기도 했다.
그럴 때면 더 자신감을 얻고 다음 흥정을 한다. 가격을 터무니없이
높게 부를 때면 야속하기도 했는데 지금은 그 순간마저 그립다.

마다가스카르 현지에서 산 엽서로 현지의 우표를 붙여
한국에서 날 기다리고 있는 가족들과 친구들에게 편지를 부쳤다.
다행히도 모든 편지는 무사히 한국에 도착했다.
이런 아날로그적인 묘미가 더 애틋함을 만들어내고,
또 하나의 추억을 만들어준다.

나는 마다가스카르에서 생일을 보냈다.

처음으로 외국에서 보내는 생일인데 너무나 특별하게 보낼 수 있었다.

생일 당일은 오지 이동 진료에 참여해야 했기에

우리 팀원들은 오지 이동 진료에 가기 전날, 깜짝 생일파티를 해주었다.

고맙기도 하고, 오지 이동 진료에 팀원들과

떨어져서 가야 한다는 것이 무서웠는지 눈물이 왈칵 나왔다.

편지를 읽으며 팀원들도 나를 소중하게

생각하고 있다는 것이 느껴져서 감동을 받았다.

마다가스카르에 가게 된다면 꼭 Mofo gasy(모포 가시)를 먹었으면 한다.
모포 가시는 빵이라는 뜻으로 길거리에서 파는 모습을 볼 수 있다.
우리 집 앞에도 조금만 걸어가면 있는 가게에서
모포 가시를 자주 사 먹었다.
모포 가시도 먹다 보면 맛집을 찾을 수 있다.
속은 말캉하면서도 겉은 바삭하다.
다른 음식들도 그립지만 모포 가시는 우리의 출근길 배고픔을
달래주면서도 맛도 좋아서 다시 간다면 꼭 먹고 싶은 음식 중 하나이다.

시장에서 라임을 구매하는 모습이다.
시장에서 가격을 물어볼 때는 프랑스어보다는
현지어인 말라가시어를 하면 외국인인 우리에게
가격이 3배수가 되는 것을 2배수로 낮출 수 있다.

집에서 좀 더 걸어가면 사거리가 나오는데
사거리의 한 모서리에 있는 과일가게이다.
마다가스카르의 과일들은 정말 맛있다.
떫은 맛 없이 온전히 달고 맛있다.
식사 후 차갑게 얼린 망고를 먹을 때면
그날의 피로가 풀리는 기분이 든다.

사거리의 망고 가게에서는 주스를 만들어주기도 한다.
진열되어 있는 통 중 하나를 선택하면
그 안에 있는 것들을 갈아 즉석에서 유리잔에 담아준다.
우리들은 그 주스가 달고 맛있음에
왜 이 주스를 진작 사 먹지 않았었는지 탄식을 했다.
심지어 같은 주스를 3개 주문하자
양을 정확히 유리잔 끝에 나눠 맞추는 그 노련함에
우리의 반응은 박수와 함박웃음이 절로 나왔다.

마다가스카르는 리치도 정말 싸고 맛있다.
한국에서 먹었던 리치들은 그리 달지 않았는데
이곳의 리치는 정말 달고 맛있어서 사놓았던 리치가 바닥나기 무섭게
우리는 새로운 리치를 사두었고, 그래서 냉장고에는 항상 리치가 있었다.

현지 음식을 통해서도 맛있는 행복을 느낄 수 있지만
난 20년 이상을 한국에서 살아온 한국인이다.
코이카 추석 격려품이 한국에서 마다가스카르로 배송 온 날 정말 기뻤다.
몸 상태가 조금 지쳐 있을 때, 추석 격려품을 통해 받은
인스턴트 죽을 먹으면 다시 건강이 좋아지는 기분이 들었다.
초코파이도 어찌나 소중하던지.
식혜를 직접 만들어 먹었을 때는 역시 한국 음식이 최고라는
생각이 들며 한국에 대한 그리움을 달랠 수 있었다.